KB237659

슬프고 유쾌한 텔레토비 소녀

강영숙 장편소설
슬프고 유쾌한 텔레토비 소녀

펴낸날 2013년 7월 11일

지은이 강영숙
펴낸이 주일우
펴낸곳 ㈜문학과지성사
등록번호 제1993-000098호
주소 121-840 서울 마포구 서교동 395-2
전화 02) 338-7224
팩스 02) 323-4180(편집) 02) 338-7221(영업)
전자우편 moonji@moonji.com
홈페이지 www.moonji.com

ⓒ 강영숙, 2013. Printed in Seoul, Korea
ISBN 978-89-320-2418-9

슬프고 유쾌한 텔레토비 소녀

강영숙 장편소설

문학과지성사
2013

기다려 뽀.
돈이 생기면 언니가 보라돌이를 선물해줄게.
너도 외롭지 않게.

1

　30도를 웃도는 더위가 며칠씩 계속되던 초여름의 어느 날 밤, 남자는 여자애를 만났다. 그리고 이제 막 도달했다고 생각한 인생 최고의 절정은 여자애를 만난 그때로부터 겨우 몇 달 만에 끝이 나버렸다.

　며칠 전 그는 강릉에 다녀왔다.

　한 다국적 전자 회사의 서울 지사장을 맡게 되었다는 사실을 부모에게 말하고 하룻밤을 지낸 뒤 서울로 돌아왔다. 부모는 여전히 꼬장꼬장한 성품을 유지한 채 고향에서 존경받으며 살았고, 그는 그 사실에 늘 위안을 얻었다. 미국 유학을 마치고 귀국한 지 10년 만에 찾아온 행운이었다. 대단히 큰 회사는 아니었지만, 아들이 승진해 대표로 가게 됐다는 소식을 들은 부모는 감격했고 그도 만족스러웠다.

　그는 자신의 성공을 방해하는 건 아무것도 없다고 믿었다. 비록 지방이지만 좋은 가정에서 태어나 넘치는 교육을 받고 유학까지 다녀온 남자가, 자기 조직과 조직원을 거느리는 사업체의 오너가 되기를 바라는 건 당연한 일이라고 여겼다. 약간 빠른 감이 있지 않나 망설이기도 했지만, 이 정도 높이는 순리일 뿐, 그리 빠른 건 아니라고 간단히 정리해버렸다.

　경쟁 업체의 지사장 자리까지 올라갔다가 고향에 내려가 민박을 운영하는 선배가 생각났지만, 그것도 잠시뿐이었다. 선배는 회사에서 써먹던 외국어 실력 덕택에 한국의 시골까지 찾아오는 외국인들에게 인기 만점이라고 자랑했다. 봉고차를 몰고 외국인 관광객들을 데리러 공항에 나갈 때가 제일 행복하다면서. 어쩌면 인생은 그렇게 떨어지는 데 묘미가 있다고 한 선배의 말을 그는 좋아하지 않았다. 그런 식의 알리바이는 용납할 수 없었다. 남자 나이 삼십대 후반에 이르면 성공과 실패, 두 개의 길 중 한쪽 길에 이르게 된다는 건 그에게 진리였다. 그는 자신이 패배와 같은 종류의 씁쓸한 감정을 절대로 수용할 수 없는 사람이라는 걸 아주 잘 알았다. 미국의 같은 대학에서 공부한 동기들이 잘나가는 걸 보면 참을 수 없이 화가 났다. 유일한 핸디캡이 있다면 결혼하지 않았다는 것뿐. 하지만 그건 마음만 먹으면 언제나 가능한 일이라고 그는 생각했다.

　회사에서 공식적인 이직 발표가 있던 날 밤 최지민이 오피스텔로 찾아왔다. 초여름 날씨답지 않게 도시는 한여름의 외중에 있는 것처럼 고온다습한 기운으로 들끓었다. 사무실 직원 누구도 그에게 맥주 한잔하러 가자고 하지 않았다. 똑같은 출발선에 서 있다고 생각한 동료가 저만치 앞서 달려 나가자 다들 단체로 기분이 상한 것 같았다. 그는 샌드위치를 사 들고 오피스텔로 돌아와 저녁을 간단히 해결하고 야구 중계를 보고 있었다.

최지민은 약속 없이 불쑥 찾아오는 여자가 아니었다. 갑작스러운 방문에 몹시 신경이 쓰인 건 사실이었지만 그는 자연스럽게 행동하려고 애썼다. 그녀의 손에는 칠레산 와인 한 병이 들려 있었다. 두 사람은 와인을 마신 뒤 섹스를 했다. 날씨 탓인지, 기분 탓인지 몰입하기가 어려웠다. 그러나 최지민은 그에게 평소보다 더 훌륭했다고, 감동적이었다고 말했다.

그녀는 서른다섯 살이었고 미혼이었다. 진한 갈색 염색을 한 단발머리에 늘 몸에 달라붙는 스커트를 입고 기본 스타일의 하이힐을 즐겨 신었다. 그녀가 어떤 가정환경과 어떤 부모 밑에서 자랐는지 그는 잘 알지 못했다. 다만, 중대한 성격장애라든가 뭔가를 물어뜯는 사소한 버릇이라든가 하는 것은 발견하지 못했다. 그녀는 자기 부서에서 빼어난 업무 능력을 발휘했고 웬만한 남자들보다 술도 잘 마셨으며 경쟁의 피로감도 잘 참아냈다. 늦은 밤 엄청나게 취한 직원들을 하나씩 끌어다 택시에 태워 보내고 마지막으로 먼지를 털며 집으로 돌아가는 사람도 바로 그녀였다. 또 동료들과의 술자리에서 서로 눈치만 보고 있을 때 벌떡 일어나 카드를 내미는 것도 그녀였다. 치마만 입었을 뿐, 성격이나 행동은 남자나 다름없었다.

언젠가 회식이 끝나고 마지막 술자리에 둘만 남아 있을 때였다. 그는 먼저 가야겠다고 일어서는 최지민의 팔목을 잡았다. 오래전부터 생각했던 일이라 행동하기에 어렵지는 않았다. 단단한 팔목이었다. 호텔로 가자고 먼저 말한 건 그였다. 호텔로 들어가자마자 최지민이 블라우스 단추를 하나씩 풀며 말했다.

"우리 둘이 무척 잘 어울린다는 생각 안 해봤어요? 난 전부터 생각했는데."

그 뒤로 최지민은 줄곧 한 사람만 만났다. 그러나 두 사람은 결혼 얘기를 꺼내본 적이 없었다. 그에게 죄책감 따위는 없었다. 뭐라 설명할 수 없는 그녀와의 거리감이 그는 더 편했다. 어떤 면에서는 그 거리감이 오히려 성적인 호기심을 부추기기도 했다. 그래서 그는 그녀에게 만족하는 편이었지만 최지민은 달랐다. 그녀는 바닷물도 통째로 들이마실 수 있을 것 같은 욕망을 꼭꼭 숨긴 채 그가 청혼할 때까지 끈질기게 기다릴 작정이었다.

그는 샤워를 하고 나온 최지민에게 새 오피스텔로 옮기게 될 거라는 얘기는 하지 않았다. 다른 날과 달리 그녀의 얼굴이 복잡해 보였기 때문이다. 그저 좀더 사무적인 방법을 택하는 게 좋을 것 같다고 판단했다. 전화나 이메일, 혹은 문자 메시지 같은. 그 가운데서도 가능하면 전화로 말하는 게 좋겠다고 생각했다. 최지민 역시 머리가 좋은 사람이었다. 그녀는 현재에서 미래까지, 둘의 관계에 아무런 변화가 없을 거란 느낌을 공유하고 싶었다. 그렇게 되려면 조금도 앞서 가지 말고 그 어떤 질문도 섣불리 하지 말아야 한다고 생각했다. 그래서 그녀는 끽소리도 내지 않고 조용히 돌아갔다.

송별회 겸 회식이 있던 날 술자리는 3차까지 이어졌다. 술자리의 최고 이슈는, 많지 않은 나이에 대통령에 당선된 버락 오바마였다. 오바마의 개혁은 과연 성공할 것인가. 존 에프 케네디도 마흔세 살에 대통령이 되긴 했지만 마흔여섯에 죽어버렸기 때문에 오바마에게 밀렸다. 왠지 오바마가 훨씬 더 성공한 것 같은 느낌이 든다고들 했다. 오바마가 흑인이라는 것이 더는 화젯거리가 되지 않았다. 그가 얼마나 제대로 된 교육을 받았고 얼마나 빨리 올라간, 준비된 대통령인가 하는 점에 모두의 관심이 쏠렸다.

2차가 끝나고 사장의 승용차가 주차장에서 나왔고 열다섯 명쯤 되는 직원들이 사장의 차 주위로 모여들었다. 다른 회사들보다는 자유분방한 분위기였지만 늘 유연하고 당당한 사장 앞에서는 다들 몹시 긴장했다. 사장의 자동차가 출발하기 전 창문이 열렸고 사장이 얼굴을 내밀며 그를 향해 말했다.

"야 동석아, 나 따라잡는 데 몇 년 걸리나 보자. 그동안 수고 많았다. 잘 들어가라."

"예, 걱정하지 마십쇼. 제가 곧 따라잡습니다, 사장님."

늘 그래왔듯이 그는 시건방진 말투로 사장의 말을 받아쳤다. 사장은 그보다 겨우 세 살 연상이었다. 조금 삐딱한 듯한 인상에, 당당한 태도를 보이는 부하 직원에게 더 높은 점수를 주는 사람이었다. 사장은 대대로 사업을 해온 집안의 버르장머리 없는 차남이었다. 어찌 보면 기업가 정신 따위는 찾아보기 어려운 그냥 장사꾼이라고 하는 게 맞았다. 그러나 그는 사장의 그런 면을 더 좋아했다. 정확하게 이윤을 추구해서 좋은 결과를 내고, 직원들에게 일한 만큼의 대가를 정확히 지급하는 게 공정하다고 생각했다. 연말에 성과급을 줄 때마다 도대체 저 인간은 얼마를 가져가는 걸까. 열 배, 아니 스무 배, 아니 오백 배일까, 그는 늘 고민했다. 사장은 그의 유일한 벤치마킹 모델이었다.

술자리에 끝까지 남은 동료들의 면면은 초라했다. 동료들은 벌써 그를 지사장님이라고 불렀다. 경쟁 상대라고 여겼던, 훌륭한 스펙을 가진 직원은 그 자리에 아무도 없었다. 맥이 빠져버리는 느낌이 들기도 했고 조금 섭섭하기도 했다. 경쟁자가 떠난다니 어디 가서 다 같이 축배라도 들고 있겠구나 싶었다. 매일 얼굴을 맞대고 지내다가도 정작 회사를 옮기고 나면 하나같이 멀어지는 게 회사 인간들의 생리라는 걸 그는 잘 알았다.

그는 남은 동료들과 또 다른 술집으로 자리를 옮겼다. 술자리가 거듭될수록 그를 향한 공격적인 말들이 쏟아져 나왔다. 술의 힘을 빌려 너도나도 비아냥거리기 시작했다. 그러다가 모두 급격히 우울해졌고 결국은 자기 비난과 모멸에 빠져 넥타이를 풀고 고개를 떨어뜨린 채 담배를 거꾸로 물기도 했다. 그러거나 말거나 그는 부러움인지 시기심인지 모를 복잡한 감정이 잔뜩 담긴 채 빠르게 돌아가는 소주잔을 모두 다 받아 마셨다. 무슨 일인지 밤이 되어도 기온은 미친 듯이 오르기만 했다.

택시에서 내린 그는 오피스텔 앞 현관에 쭈그리고 앉았다. 찌는 듯한 날씨 탓에 땀이 알로에 액처럼 끈적거렸다. 젖어버린 와이셔츠 겨드랑이와 벨트 안쪽의 허리춤이 몹시 불편했다. 그는 양복 윗도리를 벗어 가방 위에 접어두고 어두워진 저너편 빌딩 숲을 멀뚱히 쳐다봤다. 뉴욕 맨해튼의 타임스 스퀘어에서서 비현실적인 높이로 뻗어 올라간 고층 빌딩을 처음 봤던 이십대 초반의 여느 날처럼 머리가 빙빙 돌았다. 경비원이 나와 힘들면 부축해주겠다고 말했지만, 그는 사양했다.

잠깐 잠이 들었다. 얼마 후 가방 위에 벗어둔 양복 주머니에서 휴대전화가 부르르 떨렸다. 최지민이 보낸 문자 메시지였다. 곧이어 전화도 왔다. 자동차 소리, 노래방 소음, 알 수 없는 소음이 전화가 걸려 올 때마다 들렸다. 최지민은 아직도 남은 동료들과 헤어지지 못하고 그가 먼저 빠져나온 술자리에 있는 것 같았다. 정리가 끝나면 오피스텔로 가도 되느냐고 물었다. 뭐라고 대답하려 했지만, 손에서 전화기가 미끄러져 떨어졌다. 문자로 답장을 보내려고 했으나 너무 취해서 액정이 보였다 안 보였다 했다. 그는 아주 나중에, 그날 밤 만약 최지민과 통화가 되어 그녀가 오피스텔로 왔다면 자기 인생이 어떻게 되었을까 상상한 적이 있다. 물론 다 만약이고 상상이었지만.

천천히 고개를 숙였다 들었다 반복하던 그는 저만치 앞으로 지나가는 사람을 언뜻 봤다. 주차장 진입로 건너편의 보도블록 위에서 누군가 천천히 왔다 갔다 했다. 교복을 입고 운동화를 신은 키가 큰 여학생이었다. 여학생은 고개를 약간 숙인 채 휴대전화를 내려다보며 여전히 왔다 갔다 했다. 키가 컸고 전체적으로 길쭉해 보였다. 그게 전부였다. 한 여학생이 그가 앉아 있는 건너편에서 왔다 갔다 하고 있었다는 것, 그뿐이었다.

여자애가 그에게 다가가 말을 시킨 건 사실 몇 분이 흐른 뒤였다. 오피스텔 현관 쪽에서는 여자애의 모습이 아주 잘 보였다. 어쩌면 오피스텔 경비원은 그 여자애를 처음부터 봤을지도 몰랐다. 여자애는 치마 주머니에서 뭔가를 꺼내 들여다보기도 하고 제자리에서 뱅글뱅글 원을 돌기도 했다. 팔짱을 끼기도 하고 고개를 치켜든 채 하늘을 올려다보기도 했다. 여자애는 이 일련의 행동을 계산이라도 한 것처럼 아주 천천히 하고 있었다. 또래의 친구와 만날 약속이라도 있는 사람처럼, 마중 나올 엄마를 기다리는 것처럼 아주 자연스러웠다. 여자애는 그곳에서 한동안 그렇게 서성거렸다. 아무 문제도 없어 보였다.

한참을 왔다 갔다 하던 여자애는 한순간 그 자리에 딱 멈춰섰다. 그러고는 오피스텔 입구 쪽으로 시선을 고정한 채 몸을 움직이지 않았다. 창에 비친 경비원의 얼굴은 이미 한쪽 어깨

위로 기울어 있었다. 여자애는 그렇게 제자리에 선 상태에서 경비원과 그를 동시에 지켜봤다. 앞에 있는 남자가 무릎 사이로 고개를 떨어뜨렸다. 여자애는 그가 머리를 숙인 채 자다 깨다 하는 모습을 적어도 15분 이상 지켜봤다.

자동차 한 대가 상향등을 켠 채 주차장으로 미끄러져 들어갔다. 그는 불빛에 놀라 머리를 좌우로 흔들었다. 쭉 편 두 다리를 억지로 끌어 올리고 머리를 여러 차례 흔들었다. 몸을 움직여 일어나보려고 했지만, 엉덩이가 땅에서 떨어지지 않았다. 주변이 다시 고요해졌다. 여자애는 사가 들어간 주차장 입구의 경고등이 완전히 꺼지는 순간까지 주차장 입구에서 눈을 떼지 않았다. 여자애는 경고등이 꺼진 걸 확인한 뒤 곧장 주차장 쪽으로 길을 건넜다. 그러고는 과감하게 남자 가까이 다가가 상체를 숙인 채 그의 얼굴을 쳐다보며 말했다.

"저기 아저씨, 혹시 이 오피스텔에 사시나요?"

2

그는 머리가 터질 것 같은 두통을 느끼며 잠에서 깼다. 알몸이었고 등부터 골반 아래까지 무지근한 통증이 찾아왔다. 몸을 움직이려 했지만, 머리를 비스듬히 돌리기조차 쉽지 않았다. 그는 폭음을 하고 잠에서 깬, 수많은 여느 날들과 똑같은 아침인 줄 알았다. 평소 느꼈던 강도보다 조금 센 두통이 있을 뿐, 크게 다르지 않았다. 그는 상황 파악을 하지 못한 채 양쪽 관자놀이를 손가락으로 지그시 누르고 있었다. 눈을 제대로 뜬 것은 잠에서 깨고 나서도 한참 뒤였다.

지난밤의 일들이 떠올랐다. 들렸다 안 들렸다 하던 최지민의 목소리. 손끝에서 미끄러져 떨어지던 휴대전화. 쓰다 만 문자 메시지. 정전기가 나며 벗겨지던 옷. 그리고 평소와 달리 뭔가 어색하고 잘 맞지 않던 몸놀림. 작게 들리던 신음. 그는 그제야 겨우 눈을 뜨고 천장을 올려다봤다. 그리고 왼쪽으로 몸을 돌리려던 순간 깜짝 놀라 벌떡 일어나 앉았다.

그가 화들짝 놀라 일어나 앉는 바람에 옆에 누운 여자의 어깨 위에서 이불이 비스듬히 떨어져 내렸다. 그는 단숨에 일어나 침대에서 벗어났다. 옆에 누운 여자는 최지민이 아니었다. 그는 전화기부터 찾았다. 구급대, 여성부, 경찰서. 어딘가로 전화해야 한다는 생각에 휴대전화부터 손에 쥐었다. 그러나 지난밤에 자기한테 무슨 일이 있었는지, 무슨 짓을 했는지 파악해야 했다. 그는 머리통을 두 손으로 움켜잡은 채 가쁜 숨을 몰아쉬었다.

침대 주변이며 방 안의 모든 것을 둘러봤다. 거실 텔레비전 옆 소파에 놓인 배낭이 보였다. 나일론과 폴리에스테르 계열 소재의 흔한 배낭이었다. 그 배낭에 기대 있는 흰색 천 가방도 보였다. 그는 침대 끝 의자 위에 반이 접힌 채 놓인 흰옷을 펼쳤다. 길거리에서 흔하게 보는 여학생의 교복이었다. 그는 온 힘을 기울여 정신을 차리려고 애썼다. 순간 머릿속으로 고장 난 영사기가 돌아가듯, 모노톤의 그림들이 하나씩 떠오르기 시작했다.

"아저씨 많이 취하셨나 봐요. 음료수 좀 드실래요?"

더웠지만 목소리는 분명하게 들렸다. 술이 뱃속까지 들어찬 탓에, 추에 매달린 동그란 구슬처럼 눈앞으로 다가왔다가 금세 멀어지던 여자애의 얼굴은 잘 기억나지 않았다. 그러나 여자애가 다가와 말을 걸었다는 기억만은 분명히 되살아났다.

"자판기에 가서 음료수 뽑아 올게요."

고개를 뒤로 돌린 채 건물 안으로 들어간 여자애의 뒷모습을 창 너머로 보려고 했던 것이 기억났다. 오피스텔 로비 한편의 음료수 자판기 앞에 서 있는 여자애의 다리가 순간 길쭉하게 늘어났다. 경비원이 여자애와 뭐라고 얘기를 나누던 것도 본 것 같았다.

문제는 다음이었다. 아무리 생각해도 어떻게 15층까지 같이 올라왔는지 기억나지 않았다. 의문투성이인 것들을 시간 순서대로 재배열한다고 해서 문제가 해결되는 건 아니었다. 그래서 그는 현재의 정황에 맞춰 지난밤의 일들을 구성했다. 그럴 수밖에 없었다.

밤이면 더 윙윙거리는 엘리베이터 소리를 들었던 것 같기도 했다. 여자애의 부축을 받은 채 15층까지 올라왔다고 할 수밖에 없었다. 그는 일단 거기까지 생각을 가다듬었다. 두통은 사라지고 오히려 정신이 말짱해졌다. 혼자 몸을 가누기는 했을까. 현관문을 제대로 열고 안으로 들어왔다는 게 믿어지지 않았다.

미성년자를 집으로 데리고 온 건 부정할 수 없는 사실이었다. 그는 의자에 벗어놓은 교복을 확인한 순간, 욕을 내뱉는 대신 가만히 고개를 숙였다. 그는 공포감에 휩싸여 두 손으로 얼굴을 감쌌다. 새로운 회사의 지사장을 맡게 된 타이밍에 생긴 일치고는 너무 황당했다. 그에게 이런 일은 너무 낯설고, 심지어 부당하기까지 하다고 항변하고 싶었다.

숱이 굵고 거칠어 보이는 여자애의 머리카락이 옆얼굴을 다 덮고 있었다. 두 다리를 붙인 채 오므리고 있어 등의 동그란 척추뼈들이 동물 화석처럼 분명히 드러나 보였다. 그는 몸을 부들부들 떨며 살며시 이불을 잡아 약간 더 아래로 끌어내렸다. 순간 앙상해 보이는 등과는 전혀 어울리지 않는 펑퍼짐한 엉덩이선이 드러났다. 항문 주위가 갈색이거나 까무스름한 여자일 거라고 상상하면서, 그는 자기도 모르게 여자애의 엉덩이 쪽으로 손을 움직이고 있었다.

그는 포획된 야생동물을 관찰하듯 천천히 시선을 옮겼다. 길고 뾰족한 꼬리가 튀어나올 것만 같은 상황이었다. 그의 얼굴은 두려움에 떨고 있었다. 그러나 그의 얼굴은 이내 또 다른 얼굴로 변했다. 야성이 돌출되는 순간을 한 번쯤 경험해보고 싶은 마음이 들끓어 올랐다. 그의 시선이 여자애의 왼쪽 치골과 넓적다리로 가려진 부근에 이르렀다. 그때 여자애가 기습적으로 공격해왔다.

"아저씨, 일어났네요?"

여자애가 사각거리는 이불 소리를 내며 그가 앉아 있는 쪽으로 단번에 몸을 돌리고 누웠다. 평소 잘 알고 지내던 사람을 대하듯 아주 편하고 자연스러운 말투였다. 손바닥만 하게 작은 얼굴이 그의 베개 모서리 한쪽에 푹 파묻혔다. 길고 숱이 많은 머리카락은 여자애의 가슴골에 끼어 있었다. 오른쪽 가슴은 침대 표면에 닿아 보이지 않았다. 여자애는 미운 얼굴이 결코 아니었다. 거대한 눈사태의 징조. 둑에 난 작은 구멍. 그는 자기 마음이 움직이고 있다는 걸 단번에 알았다.

"와, 아저씨 열나게 부자네!"

순간 그는 어떻게 반응해야 할지 몰랐다.

"진짜 사는 것처럼 해놓고 사네! 내가 지금껏 만난 사람 중에 아저씨가 제일 부자에요."

여자애는 체조하듯 사지를 허공으로 뻗어 흔들어대며 말했다. 그는 가능하면 사태를 빨리 수습하고 싶었다. 여자애를 오피스텔에서 내보내는 것만이 해결책이라고 울부짖고 싶었다.

"내가 부자든 아니든 그쪽과 상관없는 일이고, 빨리 일어나 옷 입어요."

그는 고개를 숙인 채 가능하면 여자애와 시선을 맞추지 않은 상태에서 단호하게 명령하듯 말하려고 했다. 그러거나 말거나 여자애는 여전히 침대에 누워 두 다리를 천장을 향해 올린 채 버둥거렸다. 그의 말은 귀담아들을 생각조차 없어 보였다.

"자고 나면 다 반말이더라. 배운 것들이나 안 배운 것들이나 똑같지."

그는 잠깐 여자애가 한 말의 의미를 생각해야 했다.

"그래요? 난 반말 안 했는데. 그런데 제발 일어나 옷 좀 입으면 좋겠는데."

그가 짜증스러운 톤으로 말했다. 순간 여자애가 얼른 일어나 앉으며 길게 하품을 했다. 그리고 그를 곁눈질로 쳐다보며 입술을 실룩거렸다.

"이 아저씨 진짜 냉정하시네."

그는 침대 끝 의자에 있는 교복과 속옷을 여자애의 발치로 던져주었다.

"됐고. 제발 빨리 옷 좀 입으면 좋겠는데."

"알았어요, 알았다고요."

여자애는 또 길게 하품을 한 뒤 입술을 비죽거렸다. 그리고 두 팔을 천장을 향해 쭉 뻗은 채 머리를 양쪽으로 흔들고는 무릎을 세워 얼굴을 묻었다.

"가요, 간다고요. 그런데 뭐 좀 먹고 가면 안 돼요?"

손바닥만 한 여자애의 얼굴이 금세 찌그러지며 애처로운 표정으로 변했다. 뭔가 먹을 게 있는지 찾아보려고 그는 부엌 쪽으로 걸어갔다. 어느 수납장에 뭐가 들어 있는지, 자기가 걸어간 곳이 부엌은 맞는지, 어느 쪽 문짝이 열리는지, 순간 그는 판단력을 잃었다. 다만 조금 전에 여자애가 두 팔을 들어 올렸을 때 본 작은 얼굴과 그에 비해 볼륨이 지나치다 싶게 큰 가슴만 머릿속에 꽉 찼다.

그는 순간 눈앞이 하얘지면서 빠른 걸음으로 침대로 걸어갔다. 그러고는 해서는 안 되는 일을 해버렸다. 그는 자기가 왜 그 순간에 그런 행동을 했는지, 왜 그렇게 자제력을 잃었는지, 아주 나중에 생각해봐도 도무지 자신을 설명할 길이 없었다. 아마도 미쳤던 게 아닐까. 머릿속에 장착된 부비트랩이 터져버린 공상 과학 영화의 주인공처럼, 머릿속이 뒤집혀 정신을 놓았던 거라고 그는 생각했다.

그는 단숨에 여자애의 두 다리를 자기 몸 쪽으로 끌어당겼다. 그러고는 자신의 온몸에 중력을 실어 여자애의 하체로 향했다. 순간 여자애가 비명을 질렀다. 그러나 여자애는 당황하지 않았고 눈을 똑바로 뜬 채 서서히 호흡을 가다듬었다. 입을 동그랗게 모아 벌리고 커다랗게 숨을 내쉬며 허리에 힘을 풀고 몸 전체를 침대로 밀착시키려고 했다. 그 순간 그는 언뜻 여자애의 얼굴 위로 지나가는 짧은 미소를 보았다. 마음대로 해보라는 것 같은 여자애의 미소가 몹시 기분 나빴다. 그래서 그는 자기도 모르게 오른손을 들어 여자애의 뺨을 때렸다.

"웃지 마."

여자애는 한 손으로 맞은 얼굴을 감싼 채 남은 한 손에 힘을 주어 그의 머리카락을 잡으려고 손을 뻗었다.

"웃지 말라고 했지."

그는 다시 한 번 말했고, 여자애는 그러거나 말거나 계속 팔을 뻗어 남자의 머리카락을 잡으려고 했다. 그러나 그는 여자애가 하는 대로 그냥 놔두지 않았다.

"가만있어."

"가만있잖아요."

"움직이지 마."

"움직인 적 없어요."

여자애가 이를 지그시 물며 대답했다.

"너 여기 어떻게 들어왔어?"

그가 다그치듯 여자애에게 물었다. 순간 그는 자신의 입에서 나온 목소리가 이상하게 거칠고 매우 낯설다고 생각했다. 순간 여자애가 누운 상태에서 고개를 들어 그에게 침을 뱉었다.

"들어가자고 한 사람이 누군데?"

여자애가 제 얼굴에 떨어진 침을 닦으며 바락바락 소리를 질렀다. 순간 그는 또 여자애의 얼굴을 때렸다. 여자애는 두 손으로 얼굴을 감싼 채 큰 소리로 울기 시작했다.

"조용히 안 해?"

그가 목에 핏대를 세웠다. 여자애는 눈물이 글썽한 눈으로 그를 올려다보며 말했다.

"키스해주면 조용히 할게요."

그의 몸은 사실 거의 참을 수 없는 상태였다. 그는 여자애의 입술에 자기 입술을 살짝 포개놓았다. 그건 여자애를 위한 배려가 아니었다. 그러나 여자애는 그의 목덜미를 와락 잡아당겨 온 힘을 다해 그의 입술 속으로 혓바닥을 밀어 넣었다. 그는 얼마 안 가 여자애에게서 입술을 떼었다. 말할 수 없이 불쾌했다. 조금도 더 참고 있을 수가 없었다.

여자애의 몸에서 벗어난 후 그는 이제 모든 게 끝났다고, 다 끝내겠다고 생각했다. 기분이 몹시 좋지 않았다.

침대에 엎드린 채 숨을 고르고 있을 때 침대 옆 탁자 위에 올려둔 휴대전화가 울렸다. 최지민의 전화였다. 몇 번 더 울려도 받지 않자 예상대로 문자 메시지가 왔다.

"혹시 다른 여자랑 같이 있어요?"

순간 그는 여자들이 무서워졌다. 여자들은 인간이라기보다 엉덩이 끝이나 꼬리에 달린 이상한 감각만 발달한 하등동물이 틀림없다고 그는 생각했다. 아니면, 다른 누군가가 자기 영토를 침범하는 걸 저 먼 변방에서조차도 알아채고 한달음에 달려오는 두 발 달린 무서운 동물들. 다소곳하고 지적인 여자들도 그런 면에서는 예외가 없다는 게 결론이었다. 싱크대 앞에 서서 뭔가를 하는 여자애를 그는 한마디로 규정했다. 침입자!

그는 실내에서 음식 냄새가 나는 걸 싫어했다. 간단한 포장 음식을 데우는 정도 말고는 집에서 음식을 해본 적이 거의 없었다. 하지만 배가 고파서 그랬는지 가스레인지 위에서 끓고 있는 김치찌개 냄새가 그리 나쁘지는 않았다. 조금 전까지 야생동물 같았던 여자애가 익숙한 양념 냄새를 풍기며 주방을 자신의 영토로 만들어버리는 중이었다. 그래서일까 한결 친숙해진 느낌이 드는 게 조금은 이상하기까지 했다. 그는 말을 편하게 놓아버렸다.

"그 옷 어디서 찾았니?"

“저기.”

여자애가 팔을 들어 욕실 옆에 있는 그의 옷장을 가리켰다. 허락도 없이 남의 티셔츠와 파자마를 찾아 입고 부엌에서 뭔가를 만들고 있는 여자애의 뒷모습은 지나치게 자연스러웠다.

“너 혹시, 나 없을 때 우리 집에 온 적 있니?”

정말 그랬을지도 모른다고 그는 여자애를 의심하고 있었다.

“날 도둑 취급해요?”

“그건 아니고. 그냥.”

“내가 여길 어떻게 들어와요. 아저씨는 열쇠도 없이 남의 오피스텔에 마음대로 들어갈 수 있어요? 몸이 작아져서 문틈으로 살짝 숨어 들어오나? 아저씨 동화 써요, 지금? 어떻게 들어와?”

늘 반짝거리고 깨끗하기만 하던 집 안이 급속히 여자애의 누르스름한 빛깔을 닮아갔다. 그는 여자애의 엄청난 적응력과 덤덤한 성격이 몹시 불쾌했다. 그러면서도 다음 순간에 무슨 일이 일어날지 모른다는 호기심에 휩싸이는 것도 부정할 수 없었다.

“식탁에 앉아요.”

완전 명령조였다.

여자애는 냉장고 안에서, 수납장 안에서 그릇이며 접시를 꺼내 식탁 위에 올려놓았다. 여자애는 냅킨이며 수저며 조미료까지 단 한 번의 손놀림으로 필요한 걸 다 찾아냈다. 집주인보다 오히려 오피스텔 내부 구조를 환하게 꿰고 있었다. 그렇게, 금세 밥상이 차려졌다.

"먹어요."

"뭐가 어디 있는지 너 어떻게 그렇게 빨리 찾니? 신기하네."

"신기하긴 뭐가 신기해요. 문만 열면 다 보이는데. 아까 그 전화, 아저씨 애인이죠?"

"동료야. 같은 직장에서 일하는."

"새벽에도 계속 전화 오던데. 전화기 확 끄려다가 말았어요. 둘이 할 건 다 한 사이죠?"

여자애가 커다란 밥숟가락을 입으로 넣으며 말했다.

"여친한테 뭐 잘못했어요? 왜 그렇게 집착해?"

"학생이 그런 것까지 알 거 없고. 집에 전화는 했니?"

여자애가 갑자기 밥숟가락을 내려놓고 지금까지와는 달리 입을 꼭 다문 채 아무런 말도 하지 않았다. 그도 밥을 먹지 못하고 밥상만 내려다봤다. 여자애의 부모가 들이닥쳐 자신의 머리채를 끌고 가는 장면이 떠올라 아무것도 먹을 수가 없었다.

"너 밥 먹고 빨리 집에 가라."

그는 이상한 여자애와 함께 마주 앉아 밥을 먹고 있는 상황을 참을 수 없었다. 여자애는 그의 말이 끝나자마자 두 다리를 의자 위로 올려 책상다리를 하고 앉으며 입술을 일그러뜨렸다.

"짐승처럼 달라붙은 게 누군데."

그는 입김을 불어 앞 머리칼을 날리고는 어이없다는 듯 피식 웃었다.

"생긴 건 반반한데 아저씨 하는 짓은 완전 노숙자들이랑 똑같아."

그는 겨우 입속으로 들여가려던 첫 밥숟갈을 달칵 소리를 내며 식탁 위에 내려놓고 말았다.

"그 말은, 그러니까 노숙자랑 해봤다는 얘기니?"

여자애는 조금 전보다 더 커진 밥숟가락을 입속으로 막 들여가고 있었다. 그는 큰 밥숟가락이 들어가는 손바닥만 한 얼굴과 그에 비해 지나치게 큰 여자애의 눈동자를 번갈아가며 쳐다봤다.

"아니, 했다는 게 아니구요."

"그럼 뭐야?"

"노숙자도 섹스는 해결해야 한다는 얘기죠."

순간 그는 말할 수 없이 불쾌해졌다. 불쾌감이 머리끝까지 치고 올라와 구역질이 나오려고 했다. 그러거나 말거나 여자애는 여전히 책상다리를 한 채 김치를 길게 찢어 수저 위에 올리고 있었다. 그는 온몸에서 힘이 빠져 개미 소리만 하게 물었다.

"그 김치는 어디서?"

"냉장고, 파란 통."

주말에 강릉에 갔을 때 어머니가 싸준 게 김치였다는 걸 그는 그제야 알았다. 그는 여자애가 입고 있는 자기 티셔츠 목 부근에 방금 튄 주홍색 김치 국물이 지워지지 않으면 어쩌나 신경이 쓰였다. 유독 좋아하는 흰색 티셔츠였다. 이래저래 기

분이 상한 그는 더는 말을 섞고 싶지가 않았다. 그런데 여자애
는 유들유들하게 계속 말을 붙였다.

"아저씨가 그렇게 잘났어요?"

"무슨 소리니?"

"아무리 잘났어도 그렇지, 같이 잔 애 이름도 안 물어봐요?"

그는 잠깐 입을 다문 채 눈을 감았다가 떴다.

"그래 너 이름 뭐야?"

"하나. 하나요."

"그래 하나야, 너 빨리 밥 먹고 집에 가라."

그는 수저를 놓고 욕실로 들어갔다. 양치질을 두 번 했고 비
누칠을 해 온몸을 구석구석 깨끗이 닦았다. 어떻게 된 건지 온
몸이 욱신거렸고 씻어도 씻어도 불쾌감이 사라지지 않았다. 그
는 닦고, 닦고, 또 닦았다.

그에게 주어진 휴가는 정확히 두 주였다. 미국으로 여름휴가
를 갈 계획이었다. 뉴욕에서 새 양복과 구두도 사고 책도 살
생각이었다. 뉴욕에 직장을 잡은 친구들을 만나 성공했다고 자
랑도 하고 싶었다. 불안정한 자리임에도 뉴욕에 있다는 이유만
으로 우울증을 견디고 있는 친구들을 조롱하고 싶었다. 멋진
레스토랑에서 맛있는 음식도 먹고 클럽에도 가고 싶었다. 시간
이 된다면 브루클린 다리도 걸어보고 머리 터지게 공부하던 대
학 캠퍼스에도 가보고, 공원에서 한가롭게 일광욕도 하고 싶었

다. 그게 그의 휴가 계획이었고 비행기 표까지 예약해놓은 상태였다.

출발에 맞춰 짐을 싸야 한다고 그는 자꾸 중얼거렸다. 사장을 비롯해 여기저기 친구들에게 고맙다고 전화도 걸고 이메일도 쓸 생각이었다. 시간이 되면 최지민을 불러내 차라도 한잔하고 가는 게 낫겠다는 생각이 들기도 했다. 왜 그런지 최지민에게 자꾸 신경이 쓰였다.

샤워하고 나서도 뭔가 개운치 않은 기분을 물리칠 수 없었던 그는 평소에는 잘 쓰지 않던 진한 샤워코롱을 썼다.

'여자애는 곧 집에 갈 것이고, 그러면 다 끝난다.'

그는 아주 간단하게 생각하기로 마음먹고 거실로 나갔다. 다만 여자애에게 얼마의 돈을 줄 것인가는 지갑을 열어보고 나서 결정할 생각이었다. 현금이 얼마나 있는지 확인하지 않았지만, 인색하게 굴고 싶은 생각은 없었다.

여자애는 입을 약간 벌린 채 침대 위에 누워 코를 골며 자고 있었다. 식탁 위에는 치우지 않은 빈 그릇이 그대로였고 탁자 위에 튄 김치 국물은 건조한 실내 공기 탓에 탁하게 말라붙었다. 혼자 지내기에 넉넉한 공간이었던 오피스텔이 갑자기 작고 답답하게 느껴져 그는 자꾸 헛기침을 했다.

그는 여자애를 깨워야겠다고 마음먹고 침대로 다가갔다. 손을 뻗기는 했지만, 왠지 여자애의 몸에 손을 대기가 두려웠다. 손을 댔다가는 팔뚝이 잘리거나 머리통이 날아갈 것 같은 기분이 들었다. 상황을 더 나쁘게 만드는 쪽으로 행동해서는 안 된다고 되뇌었다.

그는 문득 소파 옆에 놓인 여자애의 가방으로 시선을 돌렸다. 배낭 바깥쪽에 달린 지퍼를 열고 휴대전화를 꺼냈다. 휴대전화는 전원이 꺼져 있었다. 액정과 액정 주변에 작은 스티커들이 여러 개 부착된, 손잡이 부분에 긴 초록색 구슬이 달린 흰색 돌핀 폰이었다. 그는 직업적인 감으로 휴대전화의 성능이라면 웬만큼 짐작할 수 있었다. 돌핀 폰은 청소년들이 선호하는 모델이기는 하지만 그리 싼 가격은 아니었다. 그는 휴대전화의 전원을 켰다. '얼짱 하나'라는 글자가 뜨고 작은 별들이 휙휙 지나갔다. 그러나 전화기가 암호로 잠겨 있어서 내용은 아무것도 볼 수 없었다. 그는 다시 전원을 껐다.

배낭 지퍼를 열자마자 양쪽 팔이 고리 모양으로 생기고 가슴에 네모난 은색 천을 단 이상하게 생긴 빨간 인형이 불쑥 튀어나왔다. 순간 인형이 이상한 소리를 냈다. 그는 기겁하고 물러나 앉았다. 가방 안에 이런 걸 넣고 다니다니. 그는 인형 머리 위에 달린 동그란 손잡이를 잡고 가슴 쪽을 눌러 그 이상하고 기분 나쁜 소리를 다시 한 번 들었다. 조금 전의 소리와는 또 다른 소리가 나왔고, 그는 더 기분이 나빠져서 인형을 옆으로 밀쳐놓았다.

가방 안에는 크기와 색깔이 다른 파우치가 차곡차곡 쌓여 있었다. 책이나 전자사전 따위, 공부하는 학생이라고 여길 만한 물건은 하나도 들어 있지 않았다.

그래서 이번에는 좀더 다른 쪽으로 상상력을 발동시켰다. 그는 엉뚱하게도 여자애가 업계 스파이일지도 모른다는 생각을 했다. 새로 부임하게 된 회사에서, 혹은 경쟁사에서 보낸 여고생으로 위장한 스파이 중 한 명. 그렇다면 여고생이 아니다. 어쩌면 여고생으로 가장한 전문 스파이? 어쩐지 어린애 같지는 않았어!

그는 혼자 신이 났다. 컴퓨터를 켜고, 컴퓨터에 손을 댔는지, 자기가 잠든 사이에 컴퓨터 파일을 복사한 것은 아닌지 확인했다. 그러나 컴퓨터는 그대로인 것 같았다. 그때부터 또다시 모든 게 원점으로 돌아갔다. 그는 다시 심각해졌다.

이번에는 손에 닿는 대로 파우치를 열었다. 어떤 건 화장품이 들어 있었고 어떤 건 양말과 팬티, 그리고 동그랗게 말아 접은 티셔츠가 들어 있었다. 어떤 것에는 내용을 알 수 없는 츄어블 형태의 약과 치실, 크기가 다른 생리대가 들어 있었고, 쓰지 않은 듯한 여분의 칫솔과 입 냄새 제거용 가글이 들어 있었다. 배낭 안에는 당장 집을 나와도 살 수 있을 정도의, 여자애에게 필요한 웬만한 물건이 다 들어 있었다. 집을 나온 애가 틀림없다고 그는 확신했다.

가방 맨 안쪽에서 작은 스티커 사진첩도 찾았다. 친구들과 찍은 스티커 사진 속에서 여자애는 머리에 보라색 가발을 쓰고 초록색 마녀 복장을 한 채 입을 활짝 벌리고 웃고 있었다. 배낭 안쪽의 중간 칸에서 분홍색 헬로키티 지갑을 발견한 그는 이제 뭔가 단서가 나오겠지, 이제 다 알게 될 거야, 하는 심정으로 지갑을 열었다. 하지만 천 원짜리 일곱 장, 만 원짜리 두 장, 하나은행 매일더블 캐쉬백 체크카드 한 장, 친구들과 찍은 사진 한 장, 도서관 회원증 한 장과 3천 원짜리 복사카드 한 장이 다였다.

완전 날라리시구먼.

그는 혼자 중얼거렸다. 그러면서도 한편으로는 가족사진이라든가 학생증이라든가 뭔가 자신의 심기를 불편하게 만들 단서가 나오지 않은 것이 다행스럽기도 했다.

샤워할 때와 달리 그는 다시 기분이 후줄근해졌다. 몸에 힘이 빠지고 곧 누우면 잠이 올 것 같았다. 여자애의 입 밖으로 조금씩 새어 나오는 숨소리와 불안에 떠는 자신의 숨소리가 한 공간 안에서 마구 뒤엉키고 있었다.

오피스텔 안은 점점 더 고요해졌다. 30도를 웃도는 날씨와 들끓는 서울이 단체로 다 그늘 속으로 이사 가버린 것처럼 적막했다. 그래도 창문을 열면 더운 공기가 꾸역꾸역 밀려 들어왔다. 서울의 소음은 다 어디로 가고, 세상에서 제일 높은 빌딩 위에 낯선 여자애와 단둘이 고립된 기분이었다. 피로감을 견딜 수 없어진 그는 거실 소파에 누워 눈을 감았다.

그가 다시 눈을 뜬 건 저녁 7시경이었다. 침대는 비어 있었다. 그는 창문의 버티컬을 조절해 방을 밝게 했다. 그러고는 텔레비전을 틀었다. 욕실에서 물소리가 났다. 텔레비전에서는 그의 집에서 불과 몇 킬로미터 떨어지지 않은 곳에서 일어난 주말 시위 현장을 보여주고 있었다. 그는 물대포 차가 왔다 갔다 하는 어지러운 현장을 물끄러미 쳐다봤다. 그러다가 텔레비전 채널을 이리저리 돌렸다. 실내가 좀 더운 것 같아 에어컨 온도를 조금 낮춘 뒤 얼음물을 꺼내 마셨다.

여자애가 욕실에서 나왔다. 목욕 수건으로 몸을 감싼 채 욕실 밖 거울을 보며 머리에 묻은 물기를 털어냈다. 그는 여전히 채널을 이리저리 돌리면서 여자애가 있는 쪽을 조금씩 곁눈질하고 있었다. 적어도 170센티미터는 되어 보이는 키였다. 55킬로그램, 어쩌면 몸무게가 더 나갈 수도 있을 것 같았다. 최지민과는 다르게 몸 전체가 굉장히 묵직한 느낌이었고 어떤 순간에는 근육의 힘마저 느껴졌던 몸. 전체적으로는 호리호리해 보이지만 결코 마른 몸은 아니었다.

거울 속에 비친 자신의 얼굴을 들여다보며 여자애는 공들여 머리를 말렸다. 여자애는 아주 천천히 거울 가까이 다가갔다. 눈 밑은 멍이 든 것처럼 파란색으로 물들었고 눈자위가 약간 풀려 있었다. 남자가 때린 손자국이 볼 위에 몇 개의 줄을 남겼다. 순간 여자애의 눈에서 핑그르르 눈물이 떨어졌지만 남자는 볼 수 없는 거리였다.

사실 여자애는 온몸이 아팠다. 하지만 아픈 티를 내지 않으려고 노력하는 중이었다. 남자에게 예쁘게 보이려는 게 아니

라, 자신이 어린애가 아니라는 걸 보여주고자 몸을 잔뜩 긴장
시킨 채 서 있는 중이었다. 그러면서도 여자애는 남자가 하는
일을 등 뒤로 낱낱이 보고 있었다. 여자애는 승부수를 던지듯
한 치의 주저함도 없이 말했다.

"저 이제 갈게요."

여자애는 꼭꼭 감쌌던 목욕 수건을 풀고 벗은 몸을 다 드러냈
다. 그리고 마음대로 해보라는 듯이 꼿꼿하게 서 있었다. 그는
침대에 비스듬히 누워 있다가 머리만 들고 여자애를 쳐다봤다.

그는 여자애 앞으로 걸어갔다. 순간 둘 다 말을 안 했다. 여
자애의 물에 젖은 머리카락 끝이 분홍색 유두 부분에 닿았고
한 손에는 수건이 들려 있었다. 손바닥만 한 얼굴은 더 작아진
것 같았고, 처음 만났을 때와 전혀 다른 얼굴처럼 보였다.

그는 책상 앞으로 돌아가 서랍을 열고 지갑을 꺼냈다. 10만
원짜리 수표가 한 장 들어 있었다. 그는 책상 서랍 여기저기를
다 뒤졌다. 아무리 찾아봐도 현금이 더 없었다.

"미안해. 내가 지금 가진 게 이것뿐인데. 원하면 나중에 더
줄게. 미안하다."

여자애는 아무 말이 없었다. 그가 여자애의 손에 수표를 쥐
여주었지만, 여자애는 돈을 잡지 않았다. 그는 다시 여자애의
손에 수표를 꼭 쥐여주고 손마디를 접었다. 비로소 그때 여자
애의 손에 힘이 잔뜩 들어갔다.

"갈게요."

여자애가 고개를 옆으로 돌린 채 그에게 말했다. 그는 대답하지 않았다. 그러나 여자애의 손이 아직도 그의 손에 닿아 있었다. 그는 여자애의 어깨에 한 손을 올려놓고 여자애를 천천히 소파에 앉힌 뒤 어깨에서 손을 떼었다. 여자애는 수표를 손에 든 채 몇 초 동안 소파에 가만히 앉아 있었고 그에겐 그 몇 초가 몹시 길게 느껴졌다.

잠시 뒤 교복을 다 입은 여자애가 현관 쪽으로 몸을 움직였다.

"잠깐만."

그는 현관 쪽으로 가 명함을 건네고 바로 돌아섰다. 왠지 여자애의 얼굴을 정면으로 바라볼 수가 없었다. 이어 여자애가 현관문을 열고 밖으로 나가는 소리가 들렸다.

여자애가 나가자마자 그는 곧장 컴퓨터를 켜고 책상 위에 앉았다. 가방 안에서 서류를 꺼내고 휴대전화를 집어 들었다. 그러나 뭔가에 열중할 것 같던 그는 자리에서 벌떡 일어나 창가로 다가갔다. 그리고 좁은 버티컬 사이로 창밖을 내다보며 가만히 서 있었다.

여자애는 엘리베이터 안에서 휴대전화를 켰다. 휴대전화 전원이 켜지는 사이 엘리베이터 안에 달린 거울에 얼굴을 들이밀고 입을 동그랗게 만든 뒤 후후, 입김을 내뿜었다. 휴대전화에 가득 들어차 있는 문자 메시지를 하나씩 확인하면서 여자애는 키득키득 웃기 시작했다.

오피스텔 경비원이 여자애를 쳐다보면서 무슨 말인가를 건

넀지만, 여자애는 듣지 못한 것 같았다. 여자애는 자연스럽게 현관문을 열고 밖으로 나왔다. 여자애는 어딘가로 전화를 걸었고 높은 목소리로 온갖 욕설을 뒤섞어 수다를 떨기 시작했다. 여자애는 아무 일 없었다는 듯이, 조금씩 어두워지는 도시로 걸어 들어갔다.

3

　그로부터 한 주가 지나 그는 미국에서 돌아왔다. 전에는 경이롭기만 하던 맨해튼 풍경이 몹시 답답했고 고층 빌딩들이 끔찍하게 비현실적으로 느껴졌다. 무엇보다 몹시 지저분했으며 왠지 전과 같은 해방감을 전혀 느낄 수 없었다.

　거의 두 학기 동안 동거하다시피 했던 여자 친구도 만났다. 엄청나게 살이 붙고 얼굴 윤곽조차도 다 뭉개져 알아보기가 어려웠다. 한때 그 여자 친구한테 빠져 태어난 나라를 버리고 서양 여자와 결혼해버릴까 고민했었다는 게 믿어지지 않을 정도였다. 음식도, 사람도, 물건도 모두 다 마음에 들지 않았다. 정말이지 엄청나게 지저분했고 엄청나게들 많이 먹었다. 그토록 좋아하던 맨해튼의 소호 거리조차도 재건축하거나 보수 중인 건물이 많아 길을 걷기가 짜증스러웠다. 길 위의 사람들이 모두 유령 같았다. 자기 몸을 지탱하기도 어려울 만큼 살이 쪄 걷는 것 자체가, 살아 있는 것 자체가 고통스러워 보이는 사람들이거나, 그게 아니면 날렵해 보이는 몸을 고급 옷으로 가린, 날카로운 표정과 배우 같은 몸짓이 몸에 밴 속을 알 수 없는 사람들뿐이었다. 그는 지루하고 짜증스러워 빨리 돌아오고 싶었다.

공항에서부터 후텁지근한 공기가 밀려왔다. 택시 운전기사는 시내 중심부에서 여름 내 시위가 열리고 있다며, 서울에 진입해 길이 막혀도 자기 책임은 아닌 거라고 미리 양해를 구했다. 그 옛날, 유학을 마치고 돌아올 때도 택시 운전기사에게 똑같은 말을 들었던 게 기억났다. 그러니까 서울은 최근 몇십 년 동안 언제나 시위 중인 것이나 다름없었다.

다행히 택시는 그리 많은 시간을 잡아먹지 않고 오피스텔 앞에 도착했다. 그는 택시에서 내린 후 자기도 모르게 주변을 둘러봤다. 그는 현관 앞에서 머뭇거렸다. 시멘트 건물, 통유리, 주차장 입구, 당연히 달라진 것은 없었다. 그는 나쁜 꿈 같던 그 일은 다 잊었다는 표정을 지으며 오피스텔로 뚜벅뚜벅 걸어 들어갔다. 도둑도, 스파이도, 노숙자랑 섹스를 하는 여자애도 없는 자신만의 공간이 거기에 그대로 있었다. 오피스텔 내부의 모든 것은 깨끗하게 정돈된 채 그대로였다.

월요일 하루 동안 그는 꼬박 잤다. 자다가 깨면 누군가 실내에 들어와 있는 것 같아 오피스텔 안을 뱅글뱅글 돌았다. 냉장

고 안에 든 파란색 김치통도 열어보고 빈 전기밥솥도 열어봤
다. 수납장도 열어보고 욕실 문도 열어보고 심지어 보일러실
문까지. 문짝이란 문짝은 다 열어봤다.

저녁에는 최지민을 만나러 오랜만에 홍대 주차장 거리로 나
갔다. 단골인 양고기집 주인은 중국인이었는데 최지민과 그를
보고 무척 반가워했다. 중국인 사장은 두 사람이 너무 잘 어울
리는 커플이라고 볼 때마다 추어올렸다. 그는 주인의 목소리가
듣기 싫어 귀를 틀어막고 싶은 지경이었다.

양고기 꼬치구이를 안주로 칭다오 맥주를 마셨다. 숯불이 달
아오르고 온 가게 안에 고기 냄새가 진동했다. 어차피 손님이
많은 양고기집에서 대화는 불가능했다. 맥주병이 빌수록 최지
민은 명랑해졌고 그는 침울해졌다. 평소에는 그렇게 좋아하던
칼칼한 옥수수국수조차 왠지 맛이 없었다. 뭘 더 마실 수도,
먹을 수도 없었다.

밤공기가 뜨거워서 야외 카페에 앉아 있는 것도 불가능했다.
건물 측면, 후면으로 마구 뿜어져 나오는 에어컨 실외기 때문
에 지옥이 따로 없었다. 정원이 딸린 독일식 맥줏집으로 들어
갔다. 그는 맥주가 나오기도 전에 최지민에게 선물을 주었다.
할 말은 빨리하고 전해줄 것도 빨리 전해주고 싶었다.

"그동안 여러 가지로 고마웠어."

자주색 벨벳 상자 안에 든 목걸이를 열어본 최지민은 입을
활짝 벌린 채 다물지도 못하고 좋아했다. 그때 그는 아무 생각

없이, 조금 성급하다 싶게 하려고 했던 말을 꺼냈다.

"곧 오피스텔을 옮기게 될 거 같아."

그는 곧바로 더 강한 의사 표현을 하지 않은 것을 후회했다.

"정말? 어디로?"

"지금 있는 데는 저쪽 회사와 멀기도 하고 그쪽에서 얻어준 집이 있어서 거기로 들어가려고."

"그럼 나도 그쪽으로 집을 옮기지 뭐. 어차피 이 동네 좀 지겨워졌어. 매일 시위에 차도 많이 막히고."

"나 때문에 집을 옮긴다고?"

"나도 강남에서 살지 뭐. 같은 건물에 얻을까? 아예 룸메이트가 되는 건 어때?"

최지민은 그 말을 하고는 자기도 모르게 살짝 시선을 피했다.

"나 때문에 그럴 건 없어. 난 정신없이 바쁠 거고, 아마 거의 매일 야근일 거야. 출장도 잦을 거고."

"언제는 안 그랬나. 상관없어. 나도 못지않게 바쁘잖아."

주문한 맥주가 나왔다. 그는 룸메이트라는 단어에 아직 아무런 반응도 보이지 않은 상태였다. 손님들이 담배를 너무 많이 피워 실내 공기는 갈수록 탁해졌고 그는 얼른 집에 돌아가 쉬고 싶었다.

"얼른 마셔. 시차 때문인지 굉장히 피곤하네."

"벌써 가자고?"

"아니, 피곤해서 그런지 집에 가서 자고 싶어. 다음에 봐."

그러면서 그는 자리에서 일어섰다.

"무슨 소리야? 그럼 지금 나더러 혼자 집에 가라는 거야?"

최지민은 발끈했다.

"너무하는 거 아냐? 다른 약속 있어? 난 없어."

그는 계산한 뒤 맥줏집 밖으로 나왔다. 어수선한 골목길에 서 있는 두 사람, 수습하기 어려운 침묵이 흘렀다. 최지민은 길바닥에 시선을 두고는 가만히 서 있었다.

"갈게."

그가 걷기 시작하사 최지민도 따라 걸었다 그는 홍대 전철역 부근의 아파트 신축 현장 앞 대로변에 최지민을 혼자 둔 채 택시를 탔다. 월요일이라 다행히 차가 잘 빠졌다. 그는 옷에 밴 양고기 냄새가 역겨워 여러 차례 방향제를 뿌렸다. 그러고는 곧바로 샤워한 뒤 침대로 들어가 잤다.

그는 새벽녘에 깼다. 어떤 사람과 함께 플라스틱으로 만든 것 같은 알록달록한 아케이드의 중앙을 걷고 있었다. 긴 아케이드의 천장에서 무거운 종소리가 울리기 시작했고 옆 사람이 공포에 질린 얼굴로 그의 얼굴을 쳐다봤다. 아케이드의 풍경이 머릿속에서 빠져나가기까지, 종소리가 사라질 때까지 꽤 시간이 걸렸다. 그는 머리를 흔들었다. 몸이 아픈 것도 아닌데 자꾸만 몸에서 힘이 빠지면서 머리를 쳐들 수 없었다. 첫 지사장 부임, 새 회사에서 해야 할 일들, 직원들과의 첫 미팅에서 할 스피치 내용을 미리 생각하고 정리해두어야 함에도, 멍청하게 늘어져 있는 자신을 이해할 수가 없었다.

수납 창고를 열고 미국에 들고 갔던 트렁크를 꺼냈다. 번호 키를 돌려 가방을 열고 상자 속에 든 커다란 인형을 꺼내 한참 동안 내려다봤다. 2백 불이 넘는 비싼 인형을 왜 샀는지 그는 자기가 한 행동을 이해할 수 없었다. 어린 여자애들 여러 명이 매장 유리창에 달라붙어 인형을 사달라고 졸라대는 그 인형 가게에 얼마나 여러 차례 갔던지, 다시 오셨군요 하며, 점원이 그의 얼굴을 기억하고 반가워했다. 세상 모든 인종의 피부 색깔과 눈동자 색깔을 가진 인형들이 거기 다 있었다. 상자를 눕히면 인형은 눈을 감았고 상자를 세우면 눈을 동그랗게 떴다. 세일 중인 여분의 인형 옷을 사라는 점원의 끈질긴 설득에도 그는 지고 말았다. 그는 아무렇게나 인형과 인형 옷을 트렁크 안에 쑤셔 넣은 뒤 트렁크를 신경질적으로 수납장 구석으로 밀쳐놓았다.

한밤중에 자다 말고 일어나 바깥에 나와 서성거리는 자신을 이해할 수 없었다. 그는 슬리퍼를 신은 발로 보도블록을 툭툭 찼다. 그러다 구름을 뒤로 둔 채 나타났다 사라졌다 하는 달과 숨바꼭질을 했다. 아무것도 없는 오피스텔 주변을 두리번두리번, 그러고 있는 자기 자신이 아무리 생각해도 한심했다.

밤바람이 뜨거웠다. 휙휙, 자동차 지나가는 소리가 들렸다. 술에 취한 사람이 팔을 치켜들고 혼자 떠들며 걸어가고 있었다. 핸드백을 어깨에 바짝 붙여 든 여자의 하이힐 소리가 시멘트 바닥에서 고음에서 저음으로 증폭되었다.

그는 여자애를 처음 만났던 날처럼, 그 자리에 가 다시 앉았다. 그러고는 불 꺼진 건너편 빌딩 숲을 쳐다봤다. 두 무릎 사이에 얼굴을 묻었다가 다시 고개를 들고 건너편 쪽을 봤다. 어느새 달은 사라져버리고 없었다. 왠지 모든 게 막막해졌다. 왜 그때 여자애의 전화번호를 알아두지 않았는지 그는 후회하고 있었다.

저만치 앞에 누군가 지나갔다. 주차장으로 들어가는 길 너머의 보도블록에서 누군가 왔다 갔다 하고 있었다. 교복을 입고 운동화를 신은 키가 큰 여학생이었다. 고개를 약간 숙인 채 휴대폰을 내려다보며 천천히 왔다 갔다 했다. 그는 자기 눈을 의심했다. 분명히 그 여자애였다. 그는 벌떡 일어나 길을 건넜고 그 여자애에게 다가갔다.

"저기……"

"네?"

돌아본 사람은 여자애가 아니었다.

"혹시 나 모르죠?"

"넹?"

흔한 체크무늬 디자인의 스커트에 흰 교복 상의를 입은 여학생이 황당하다는 듯 대답했다. 그는 자신이 너무 한심해서 참을 수가 없었다. 그는 시멘트 벽에 주먹 쥔 손마디를 긁으며 지나갔다. 엘리베이터 안에서는 주먹으로 벽을 때렸다. 그것도 모자라 자기 머리를 몇 대 더 때렸다. 마음을 가라앉히기 위해 더운물로 샤워를 했고 독한 보드카를 몇 모금 마셨다.

아침에 눈을 떴을 때 그는 또다시 고통스러운 감정에 빠졌다. 그제야 그도 그것이 어떤 종류의 감정인지 조금은 짐작이 갔다. 쉬고 싶었지만, 아침 일찍 집을 나와야 했다. 전 회사의 사장, 그리고 임원 몇 명과 골프를 치기로 약속이 되어 있었다. 마지막으로 골프나 한 게임 치자고 사장이 먼저 연락을 해 왔다. 그러나 머릿속이 복잡하기도 하고 실제로 골프를 칠 기운이 없었다. 대충 져주면서 따라다니기만 하는 걸로도 벅찼다.

사장은 조직을 이끄는 오너가 갖추어야 할 여러 가지 조건을 아주 상세하고 구체적으로 얘기해주었다. 결국은 사람을 어떻게 다뤄야 하는가에 관한 얘기였다. 오른팔도 있어야 하고 왼팔도 있어야 하지만 그 어느 쪽도 완전히 믿어서는 안 된다며, 오른팔과 왼팔이 서로 견제하게 만드는 것도 중요하다고 말했다. 그러나 지나치게 일 중심으로 사람을 평가하다 보면 결국에는 옆에 아무도 남지 않아 외로워질 수 있다는 조언까지…… 그는 사장이 생각보다 예민하고 복잡한 사람이라는 걸 퇴직하는 순간에서야 느끼게 되었다는 게 무척 아쉬웠다.

"난 너랑 끝까지 가고 싶었다."

그게 사장이 그에게 한 마지막 말이었다.

그는 왠지 그 말이 그의 마음에 오래 남을 것 같다는 생각이 들었다. 임원들과 함께 저녁을 먹고 단란주점에 들렀지만 다들 피곤해서인지 노래를 부르는 도우미 언니들만 신이 나서 무대를 종횡무진 오갔다. 그는 술을 한 모금도 마실 수가 없었다. 모두 멍하게 앉아 있을 때 누군가 일찍 헤어지는 게 좋겠다고 말했고, 순간 일제히 자리에서 일어났다.

10시쯤 오피스텔 입구에 도착해 주차장으로 차를 돌려 내려가려던 순간, 그는 습관적으로 차도 너머의 보도블록 쪽을 흘깃 쳐다봤다. 어제 본 여고생이 거기 또 서 있을지도 모르겠지만, 아닐 수도 있고, 또 헛것을 보고 있는 거라고, 제발 정신 좀 차리라고 그는 스스로 질책했다. 그러나 그는 여자애의 가슴에 안겨 있는 빨간 텔레토비 인형을 본 것 같아 주차장으로 진입하지 못하고 멈칫했다. 지하 1층 주차장의 평평한 노면에 진입하기 바로 직전, 그는 결국 차를 세우고야 말았다. 자기 눈으로 직접 확인하고 싶었다. 그는 시동도 끄지 않고 아무렇게나 차를 세워놓은 채 제법 경사가 진 주차장 진입로를 성큼성큼 뛰어서 올라갔다. 옅은 조명만 켜진 굴곡진 진입로로 누군가 걸어 내려오고 있었다. 주차장 진입로를 따라 태연히 걸어 내려오고 있는 여자애가 보였다. 그는 걸음을 멈추고 그 자리에 섰다. 순간 그의 팔은 여자애를 향해 뻗으려고 했으나 그는 팔을 움직이지 못했다. 여자애는 타닥타닥 운동화 소리를 내며 조금씩 빠르게 걸어 내려왔다.

둘 다 아무 말도 안 했다. 여자애는 남자를 내려다보며 서 있었고 남자의 시선은 여자애의 가슴께에 머물렀다. 남자는 손가락으로 여자애가 든 빨간 텔레토비의 머리통을 톡톡 때렸다.
그러고는 여자애의 가슴 부근을 원을 그리듯 동그랗게 만지기
시작했다. 여자애는 손을 올려 그의 앞 머리카락을 쓰다듬었
다. 그때 여자애가 한 발짝 걸어 내려왔고 그는 자기도 모르게
여자애의 허리를 안았다. 순간 여자애가 못 참겠다는 듯이 그
의 이마를 바짝 당겨 끌어안았다. 그러나 그건 다 그의 상상일
뿐이었다. 처음 그대로, 더 가까이 다가서지도 못하고 둘 다
얼어붙은 듯 서 있었다. 그는 아주 나중에 그 장면을 가끔 떠
올렸다.

그가 먼저 말했다.

"들어갈래? 여기 계속 이러고 있으면 경비원이 내려올 거야."

여자애는 고개를 끄덕이는 대신 한 걸음 더 내려와 팔짱을
꼈다. 라이트를 켜둔 채 세워놓은 자동차로 걸어 내려가는 동
안 빨간 텔레토비 인형은 여자애의 어깨에 매달린 채 달랑달랑
흔들렸다.

4

여자애가 먼저 오피스텔 안으로 들어가고 난 뒤 그는 문을
닫았다. 순간 오피스텔 안은 육중한 요새처럼 안전하고 고요해
졌다.

여자애가 거실 한가운데 서서 상체를 흔들며 웃었다. 여자애
가 서 있는 옆쪽 책장 뒤가 바로 침대였다. 그는 가만히 서서
여자애를 쳐다봤다.

"보고……"

여자애가 무슨 말을 했지만 잘 들리지 않았다. 입안이 바짝
바짝 마르고 창자가 꼬일 정도로 그의 몸은 부풀어 있었다. 그
는 여자애에게 다가갔다.

"보고 싶었어."

촉촉해 보이는 여자애의 입술에 왼쪽 엄지손가락을 올리며 그가 말했다. 그는 손가락으로 여자애의 입술을 계속 문질렀다. 문지를수록 입술은 건조해졌다. 한순간 그가 여자애의 상체를 바싹 당겨 안았다. 여자애가 옅은 주홍색 입술을 그의 얼굴 가까이 대려고 했다. 그는 여자애의 겨드랑이 아래로 팔을 넣어 다시 상체를 바싹 끌어당겼다. 몸과 입술이 닿는 순간 목구멍이 타들어가며 상반신까지 마르는 느낌이 들었다. 달콤하거나 씁쓸하거나 한 촉감이 없는, 그냥 미끈거리는 느낌만 살아 있는 입술에 자기의 입술을 맞댄 채 천천히 여자애를 책장 뒤의 침대로 데리고 갔다.

여자애가 침대로 올라가 앉았다. 버티컬을 내리는 동안에도 그는 여자애의 얼굴을 계속 쳐다봤다. 그는 침대에 걸터앉으며 여자애를 향해 말했다.

"예쁘다."

"진짜?"

여자애가 물었다.

"그냥 예뻐. 너무 예뻐서 이렇게 보고 싶은 것뿐이야."

"거짓말!"

그는 이미 여자애 옆에 가까이 다가가 있었다. 여자애가 못 이기는 척 가만히 얼굴을 들었다. 여자애의 가슴 부근 쪽으로 그의 손이 움직였다. 순간 여자애가 한 손을 올려 그의 앞 머리카락을 쓸어내리기 시작했다. 여자애의 손가락이 바들바들 떨렸다. 그는 여자애가 떨고 있는 걸 확인했다.

"내가 아저씨 말을 믿을 것 같아요?"

여자애가 그 말을 하고는 갑자기 침대 위로 쓰러지듯 누웠다가 이내 벽 쪽으로 몸을 휙 돌렸다. 그는 조금 들린 치마 아래로 드러난 여자애의 허벅지에 손을 올렸고 순간 여자애가 그의 얼굴을 빤히 쳐다보며 똑바로 누웠다. 눈은 젖어 있었지만 목소리는 화가 난 것 같았다.

"빨리해요."

여자애가 동그랗게 볼을 부풀린 채 옷을 벗기 시작했다.

"지난번처럼 때리기 없기!"

"난 때린 적 없는데."

"피, 거짓말. 지난번에 마구마구 때리셨거든요."

그는 여자애의 입을 손으로 가렸고 여자애는 이내 조용해졌다. 여자애의 몸을 가린 건 아무것도 없었다. 그는 여자애의 가슴 위에 얼굴을 대고 킁킁거리며 냄새를 맡기 시작했다. 여자애는 몸을 움츠리며 남자의 머리를 때렸고 그사이 남자는 이미 머리통이 날아가버려도 모를 만큼 강렬한 느낌에 이르렀다. 여자애의 몸에서 향수 냄새 따위가 나지 않는 게 좋았다. 아무런 냄새가 나지 않을수록 그는 여자애의 몸을 핥고 있는 자신에게 점점 더 관대해졌다.

남자가 길게 상체를 떨었다. 이내 차갑고 깊은 빙하 계곡에 빠져 평생 다시는 볼 수 없는 극지의 풍경 앞에서 오도 가도 못

하고 떨고 있는 듯한 사람처럼 알아들을 수 없는 말들을 지껄이기 시작했다.

그러나 더 큰 소리로 외쳐댄 건 그가 아닌 여자애였다.

"나 소리 질러도 돼요?"

여자애의 입가로 흰 거품이 섞인 침이 조금씩 미어져 나왔고 여자애는 남자의 머리칼을 양손으로 꽉 잡았다. 두 사람은 공포에 질린 사람들처럼 갑자기 입을 벌리고 소리를 질러대기 시작했고, 묵직한 쇳덩어리들이 부딪칠 때 들릴 것만 같은 반복적이고 탁한 소리가 남자와 여자애의 몸 깊은 곳에서부터 동시에 터져 나왔다. 그 순간, 여자애는 호들갑을 떨기보다 가만히 힘을 주어 온몸을 누르고 있었다. 무겁고 이상한 기계처럼, 철근 덩어리처럼. 눈알이 빨개진 채로.

그는 자다가 잠깐씩 화들짝 놀라 깨곤 했다. 여자애는 커다란 침대의 한편을 거의 비워두고 남자의 어깨 옆으로 가까이 다가가 바짝 웅크린 채 자고 있었다. 눈을 뜬 그는 한 손을 들어 여자애의 등 쪽을 쓰다듬었다. 그때 여자애가 눈을 뜨고 그를 쳐다봤다. 갈색에 가까운 눈동자는 힘없이 풀려 있었고 손바닥만 한 얼굴은 더 작아진 것 같았다.

"아저씨, 나 소리 질렀죠?"

여자애의 목소리가 사각거리는 이불 소리에 조금씩 잘려 나갔다.

"응."

"아, 나 정말 미쳐."

그는 여자애가 왜 소리에 집착하는지 알 수 없었다. 그리고 여자애의 비명이 어땠는지도 전혀 기억할 수 없었다.

여자애는 너무 아팠다고, 아파서 소리를 질렀다고 말하고 싶었다. 그렇게 소리를 지르지 않으면 참을 수 없을 만큼 아팠지만, 아저씨의 머리카락에서 풍기는 부드러운 샴푸 냄새와 부잣집 아들이라고 불도장이라도 찍혀 있는 것 같은 여린 듯하면서도 단단한 몸 때문에 아픈 것도 몰랐다고 말하고 싶었다. 여자애는 자기 입속에서 작은 곰 인형 모양의 셀리가 끊임없이 나오는 꿈을 꾸었다. 자기 몸 안에서 작고 꼬물거리는 세포 덩어리가 돌아다니는 듯한 이상한 악몽에서 막 깨어난 참이었다.

"임신하면 어떡하죠?"

"걱정하지 마."

순간 여자애의 머릿속으로 '내가 다 책임질게'라는 말이 에코가 되어 들려왔다. 그 말에 속아 신세를 망친 여러 친구의 얼굴이 계속해서 가로 방향으로 지나갔다가 다시 세로 방향으로 내려왔다. 수술할 때 거침없이 몸속으로 들어간다는 집게처럼 생긴 무서운 기계 얘기도 생각났다. 부자고 착한 사람이니까, 따뜻하고 좋은 사람이니까 괜찮겠지, 여자애는 그렇게 믿고 싶었다. 그러나 이내 산부인과 드나드느라 정신 못 차리는 친구들의 얼굴이 또 한 번 겹쳐 지나갔다.

"어떻게 걱정을 안 해요?"

"결혼하면 되지. 낳으면 돼."

"십대가 무슨 애를 낳아요. 미쳤나 봐. 누구 인생 망치려고. 이 아저씨 참. 그런데 아저씨 엄마 아빠가 반대하면 어떡하죠?"

"그럼 부모님 돌아가시고 난 뒤에 하면 돼. 특별한 경우가 아니면 부모님은 모두 자식보다 먼저 세상을 뜨니까."

"그렇구나. 그래서 언제 돌아가신대? 아저씨 엄마 아빠는?"

그는 여자애의 머리통을 쥐어박았다.

"말을 하자면 그렇다는 거야."

그는 선잠이 들어 자다 깨다를 반복했다. 목이 잘린 시체 옆에 누워 있거나 몸을 잡아당기는 늪지대의 기운을 이기지 못하고 발버둥이 치며 땅속으로 꺼져 들어가는 꿈을 꾸었다.

여자애는 일어나 앉아 휴대전화 액정을 들여다보며 멍한 표정으로 문자를 찍고 게임을 했다. 그가 눈을 뜨면 친구들에게서 온 문자 메시지를 보여줬고 욕지거리뿐인 메시지를 읽고 같이 웃었다. 여자애는 작은 캐논 카메라를 꺼냈다. 친구들과 같이 식당에서 라면을 먹는 사진, 경찰들이 둘러서 있는 광장 주변의 경찰차에 올라가 찍은 사진들을 그에게 보여주었다. 그는 자기가 취급하는 전자 제품들이 여자애의 일상에서 중요한 부분을 차지한다는 게 신기했다. 그에게는 그저 계약서 같은 서류상의 숫자 혹은 숫자의 이동에 불과한 것들이었다. 숫자로 표현되지 않는 것을 그는 아무것도 이해할 수 없었다. 숫자가

지칭하는 분량에 따라붙는 의미 따위를 상상하는 것도 불가능
했고, 하물며 실체를 확인하는 건 더 불가능했다. 그런 건 그
의 일에서 중요하지 않았다. 중요한 건 분량에 수반되는 계량
이 가능한 이익뿐이었다.

그는 침대에 누워 싱크대로 흘러 내려가는 수돗물 소리를 들
었다. 전기밥솥에서 압력이 빠지는, 19세기 기관차에서나 날
법한 소리도 들었다. 그는 그런 일상의 소음에 익숙하지 않았
다. 모두 처음 듣는 소리었다. 여자애는 김치찌개를 끓이고 계
란말이를 만들었다. 뭔가를 집에서 챙겨 먹는 게 그에게 흔한
일은 아니었다. 어쩌면 이런 것이 제대로 된 일상인지도 모르
겠다고 그는 생각했다. 그는 발개진 여자애의 손을 잡고 걱정
스러운 표정을 지었다.

"어릴 때부터 부엌일 많이 해서 괜찮아."

여자애가 티셔츠에 손을 닦으며 말했다.

"누가 어린애한테 부엌일을 시켜?"

그는 정말 궁금해서 물었다.

"완전 콩가루 집안이었거든."

"콩가루 집안 출신이라 요리를 잘한다는 거야 지금?"

"콩가루 집안 애들은 어려도 애들처럼 살 수가 없거든."

그는 고개를 끄덕거렸다.

"잘 먹겠습니다."

"잘 먹겠습니다."

그도 여자애를 따라 말했다.

잘 먹겠습니다, 하면 이상하게도 정말 밥이 맛있어 보였다.

"우리나라 사람들은 그런 말 잘 안 하잖아?"

그가 묻자 여자애는 숟가락으로 식탁 위를 톡톡 쳤다.

"자, 자, 신성한 식사 시간을 방해하지 맙시다."

여자애는 남자가 아닌, 빨간 텔레토비 인형을 향해 말했다.

"부잣집 아들인 아저씨가 뭘 알겠니. 밥이 신성하다는 걸 알겠니, 김치가 신성하다는 걸 알겠니. 그렇지?"

"나 부잣집 아들 아니라니까. 시골 출신이고."

"아니든 말든, 난 밥을 먹어서 지금 아주 행복해."

밥을 먹고 난 뒤 여자애는 빈 그릇을 치우고 창문을 열었다. 충분히 환기를 시키고 커피를 끓인 뒤 마주 보고 앉아 진짜 연인처럼, 새아빠와 딸처럼 커피를 마셨다. 시간은 빠르게 갔다.

두 사람은 갑자기 급하게 피신이라도 해야 하는 사람들처럼 바삐 움직였다. 누가 먼저랄 것도 없이 버티컬 창을 내리고 실내등을 껐다. 바깥의 소음과 환한 빛을 급히 차단했다. 그는 또다시 여자애의 몸 안으로 빠져 들어갔다. 머릿속은 심해의 바다 동물처럼 단순해지고 과격해졌다. 몸이 점점 더워지고 점점 더 묵직한 느낌이 배가될수록 세포와 근육 들이 되살아나는 것 같았다. 몸의 온 신경이 손바닥에서 감지되는 것처럼 완전히 밀착되어 즉시즉시 머리로 전달됐다.

여자애가 소리를 질렀고, 그는 한 손으로 여자애의 정수리 부근 머리칼을 꽉 쥔 채 더 깊은 바닷속으로 온몸을 움직여 들어갔다. 그리고 다시 모든 것이 고요해졌다.

둘은 한밤중인 것처럼 잤다.

그는 여자애의 육체가 어리다는 것을 인정하고 싶지 않았다. 그것을 인정하는 순간 많은 것이 위험해졌다. 그가 지금까지 만나온 여자들은 대부분 자신이 피크에 도달하고 있다는 사실에 취해, 그 사실을 고백하고 소통하는 데 더 많은 시간을 들였다. 그에 비해 여자애는 절대로 감정을 미리 발설하지 않았다. 과장 또한 하지 않았다. 조금 전의 상태에서 달아나 점점 더 먼 곳으로, 점점 더 차가운 곳으로 달아나 아무도 감지할 수 없는 혼자만의 느낌에 도달하곤 하는 것 같았다. 그는 때로 자기를 빼놓은 채 진행되는 여자애의 독주가, 그 소외감이 싫었고 그럴수록 더 마음껏 여자애의 몸을 다뤘다.

자다가 각자 한 번씩 눈을 뜨고 옆에서 자는 사람을 쳐다봤다. 여자애는 늘 뒤에서 안아달라고 하는 남자가 어린애 같다고 생각했다. 여자애는 한쪽 팔을 뻗어 베개를 만들어준 뒤, 그의 몸을 가슴으로 안고 왼손으로 그의 왼쪽 손등을 잡은 채 잠들었다. 그는 무거운 배에 깔리는 꿈도 꾸었다. 배에 눌려 물속에서 몸을 전혀 움직일 수 없었다. 그러다 깨어나 보면 여자애의 허벅지가 엄청난 무게감을 동반한 채 자연스럽게 자신의 배 위에 올라와 있었다. 그는 숨이 막힐 것 같은 느낌에 잠에서 깼다.

문득 고개를 돌리고 여자애가 물었다.

"사랑은 몸으로 하는 거예요? 말로 하는 거예요?"

"그게 무슨 말이야?"

"아저씨는 몸으로 하는 것 같고, 나는 말로 하는 것 같아."

"잘 모르겠어. 난 그냥 공돌이라서, 공돌이들은 그런 복잡한 생각을 못해."

"그래? 그럼 한번 생각해봐."

여자애는 고개를 갸우뚱거렸다.

일주일 내내 두 사람은 오피스텔 안에서 한 발짝도 나가지 않았다. 욕조에 뜨거운 물을 받아놓고 들락날락거리며 여자애는 하루에도 몇 번씩 그가 시키는 걸 다 했다. 때리지만 않았지, 그는 자기가 해보고 싶은 걸 다 하게 시켰다. 그는 복잡한 생각을 하고 싶지 않았다. 그가 복잡한 심경인 것을 아는지 모르는지, 여자애는 거절하지 않고 뭐든 시키는 대로 했다. 여자애는 엄청나게 먹었고 그 에너지를 금세 다 써버렸다. 그는 여자애가 착하다고 생각했지만 한편으로는 그 착함 뒤에 숨은 과격함이 어떤 모양인지 알고 싶었다. 그러나 알고 나면 찾아올 불안감과 맞닥치고 싶지는 않았다.

낮과 밤이 어떻게 바뀌는 줄도 몰랐다. 하루에 한 번씩 전화로 주문한 음식을 배달해주는 배달원들만이 그 오피스텔 안을 볼 수 있었다.

양념족발 세트.

"세상에 이토록 고된 중노동은 없다니까요. 어린 나이에 이토록 고된 중노동을 하다니……"

짬짜면 세트.

"연애한다는 건 참 힘든 일이네요. 하긴, 이게 연애는 아니지."

파닭 한 마리.

"이럴 땐 정말 단백질이 필요하다고요."

주문한 음식을 전해주고 나가는 배달원의 뒤통수에다 대고 혼자 숭얼거리는 여자애는 추운지 더운지도 못 느끼는 정신 나간 사람 같았다.

여자애는 그가 시키는 대로 했다. 그가 시키는 대로, 이끄는 대로 따라 하다 보면 어느 순간 자기도 모르게 눈앞이 보이지 않고, 혀가 꼬이고 몸이 뒤틀리면서 머릿속이 맑아졌다. 따뜻한 물에 몸을 담그고 있을 때 따끔거리며 아팠던 몸은 그의 손이 닿으면 다시 부드러워졌다.

둘이 식탁에 앉아 이런저런 애기를 하고 있을 때 벨이 울렸다. 물건을 팔러 온 사람일 거라고 안심을 시켰지만, 여자애는 재빠르게 휴대전화와 가방, 신발을 한꺼번에 챙겨 들고 서재의 옷장 안으로 들어가 숨었다. 여자애의 민첩한 몸놀림을 본 그는 웃기까지 했다.

현관문을 열지 않자 곧 휴대전화가 부르르 떨렸다. 그리고 이내 다시 현관 벨이 울리고 또 휴대전화가 떨렸다. 그는 벽에 달린 현관 앞 화면에 비친 최지민을 봤다. 커다란 가방을 어깨에 둘러메고 머리 위에 선글라스를 두른 채 팔짱을 끼고 있었다. 화가 단단히 난, 쌩한 표정이었다. 그는 발뒤축을 살며시 들고 거실로 돌아왔다.

금세 문자 메시지가 왔다.

'안에 있는 거 다 알아요.'

그는 갑자기 최지민이 무서워졌다. 그래서 덩달아 발끝을 들고 여자애가 숨어 있는 서재로 가 옷장 문을 열었다. 여자애는 한쪽에 걸어둔 그의 양복들 뒤에 숨어 눈을 꼭 감고 있었다. 그는 입술에 손가락을 올리고 옷장 안으로 들어갔다.

"누구예요?"

"몰라도 되는 사람."

"아저씨 부인?"

"아니."

"그럼 누구? 누나?"

"아니. 무서운 직장 상사."

"아저씨, 직장 상사랑 연애해?"

"아니."

"직장 상사가 왜 아저씨 집에 와?"

"내가 돈을 빌렸거든, 아주 많이."

"얼마나?"

"조용히 해."

"아직 안 갔어?"

"응, 아직 안 갔어. 걸리면 우리 둘 다 죽어."

"얼마나 빌렸는데? 내가 다 갚아줄게."

"아주 많이."

"둘이 같이 잤어?"

순간 여자애가 오만상을 찌푸리며 남자를 봤다.

"아니."

"기짓말."

"저 여자가 날 몇 번 덮치려고 했지."

"그냥 한번 들어주지, 뭘 그렇게 비싸게 굴어."

"마귀처럼 생겼거든. 뿔도 달리고 목소리도 이상해."

"그럼 어때, 해주지. 그럼 빚을 안 갚아도 될지 모르고."

"쉬, 조용히 해."

"그런데 아저씨, 우리 여기서 언제 나가?"

"못 나가."

"왜 못 나가?"

"야단맞을 짓을 한 어린애들은 원래 벽장에서 벌을 받는 거
야."

"내가 뭘 잘못했는데."

"쳐들어왔잖아. 순진한 공돌이 집에!"

그는 차가운 양복들을 한쪽으로 세게 밀치고 여자애의 입술

을 찾았다. 여자애가 키득키득 웃었고 누가 먼저랄 것도 없이 간지럼을 태우기 시작했다. 어느새 코끝이 땀으로 번들거리고 있었다. 옷장이 더운 기운으로 터져버릴 것 같아 둘은 옷장 밖으로 튕겨 나왔다.

여자애가 책상 위에 누웠다. 두 팔을 위로 뻗어 책상 모서리를 잡고 그때부터 여자애는 입을 딱 다물고 입술을 지그시 물었다. 현관 벨 소리는 계속해서 울려댔다. 여자애의 허벅지 주변에 파랗게 힘줄이 돋아나고 있었다. 그러거나 말거나 그는 여자애의 아랫배 위로 몸을 밀착시켰다. 그는 여자애의 상체를 한쪽 팔로 안았다. 여자애가 이마에 잔뜩 인상을 쓰고 있었다. 아픈 게 분명해 보였다. 그는 그걸 알면서도 여자애를 배려할 생각이 없었다. 그는 자기의 몸이 얼어붙을 때까지 여자애의 몸속을 파고들었다. 왜 그런지 여자애에게는 그래도 될 것 같았다. 자기 마음대로, 자기가 원하는 대로 해도 될 것 같았다. 그는 그냥 그렇게 해버렸다. 책상이 미친 듯이 흔들렸다.

목요일과 금요일 사이.

그는 휴가가 얼마 남지 않았다는 걸 겨우 생각해냈다. 목요일에는 차가워졌다가 금요일에는 다시 뜨거워졌다. 버티컬을 올리고 창밖을 내다보고 있으면 이상하게도 가슴 한쪽이 돌덩어리처럼 뭉쳤다. 이제 모든 걸 끝내야 하는 시간이 다가오고 있다는 걸 그는 충분히 느꼈다.

5

  그는 여자애를 차에 태우고 광화문을 지나 남산 순환도로를 달렸다. 한남대교를 지나고 신사동을 지나 강남대로로 접어들자 자동차 속도가 조금씩 느려졌다. 터보 엔진을 단 자동차들이 붕붕거리며 버스 전용 도로로 달렸다. 잠이 든 여자애의 머리채는 자꾸만 운전석 쪽으로 휘어졌다.

  강남역 주변 길거리는 사람들로 넘쳐났다. 차도도 인도도 앞과 뒤가 다 막혀 보행조차 쉽지 않았다. 초저녁인데도 엄청나게 복잡했고 엄청나게 시끄러웠다. 겨우 공영 주차장을 찾아내 차를 세운 뒤, 파고다어학원 빌딩 뒤편의 골목길로 들어갔다. 여자애는 골목 초입에서 그의 팔을 잡아끌었다. 그리고 주문한 떡볶이와 튀김을 혼자 다 먹었다. 물 만난 고기처럼 신이 나서

팔짝팔짝 뛰었고, 캐논 카메라를 눌러대며 즐거워했다.

새로 가게 될 회사의 임원들이라도 만나지 않을까, 아는 사람이 지나가다 보지 않을까 두려워 그는 자꾸만 주변을 돌아봤다. 그러나 그런 걱정 따위는 신이 난 여자애를 보고 있으면 이내 사라졌다가, 고개를 돌리면 되살아났다.

여자애는 스티커 사진을 찍으러 가자고 했고 거의 30분도 넘게 공을 들여 사진을 찍었다. 그는 작은 글씨로 쓴 복잡한 스티커 사진 기계 조작법을 뚫어져라 쳐다보며 씩씩거렸다. 그러거나 말거나 여자애는 화면을 꾹꾹 눌러댔다.

"아저씨, 여기 보세요."

"어딜?"

"여기 보라니까."

"아저씨라고 부르지 마."

"알았어요, 선생님. 아니 부장님. 여기, 이쪽 좀 보세요!"

여자애는 전시장에 파견된 개발 부서의 여직원처럼 이 기계의 모든 기능을 줄줄이 다 외고 있는 것 같았다. 사진이 나오고 사진 위에 비닐 코팅까지 했다. 그 난리를 떨고 오랜 시간에 걸쳐 찍은 사진이 그렇게 작다는 것 또한 그는 이해할 수가 없었다. 여자애는 인터넷에서 사진을 다운받을 수 있는 방법이 적힌 안내문을 들고 밖으로 나왔다. 조금씩 피곤해졌지만 그렇다고 아주 참지 못할 정도는 아니었다.

그는 늘어선 옷가게들을 지나치다 적당한 곳을 찾아 들어갔다. 여자애는 분홍색과 초록색 티셔츠 딱 두 장만 골랐다. 그가 직원을 불러 마네킹을 가리키며, 옆주름이 들어간 데님 스커트와 허리가 잘록해 보이는 흰색 재킷을 보여달라고 했다. 직원은 창고로 들어갔다가 나왔다.

잠시 후 여자애가 피팅룸에서 나왔다. 새 옷을 입은 여자애는 거울 앞에 선 채 눈은 남자를 보고 있었다.

"학생, 가슴 사이즈가 어떻게 되세요?"

그가 입술이 귀에 닿을 듯 가까이 다가가 작은 소리로 물었고 여자애가 웃으며 말했다.

"아마도 35인치? 아니 350인치. 푸하하!"

그는 하마터면 사람들이 있는 줄도 모르고 여자애를 안을 뻔했지만 이내 정신을 차렸다.

두 사람은 인파에 떠밀려 천천히 교보타워 사거리 쪽으로 걸어갔다. 한순간, 갑자기 앞서 가던 여자애가 보이지 않았다. 그는 당황했지만 여자애가 장난을 치는 거라고 생각했다. 그러나 여자애는 그가 서 있는 곳에서 조금 뒤처져 속옷가게 쇼윈도 앞에 서 있었다. 그는 여자애에게 다가갔고 지갑에서 꺼낸 돈을 손에 쥐여주었다.

"사고 싶은 거 사고, 빨리 나와."

여자애는 가게 안으로 들어갔다. 그는 그사이 빨대가 꽂힌 플라스틱 컵을 양손에 하나씩 들고 길거리를 지나가는 사람들을 멍하니 쳐다보고 서 있었다. 6월 날씨라고 하기에는 믿을 수 없을 만큼 무더웠다. 시끄러운 음악 때문에 속옷가게 앞에 서 있기가 어려워 자꾸만 왔다 갔다 했다. 괜히 길모퉁이까지 갔다가 되돌아오기도 했다. 긴 생머리의 여자가 대형 브로마이드가 걸린 옷가게 앞에 서 있었는데, 그는 왠지 그 여자가 자기를 보고 있다고 느꼈다. 그때 마침 여자애가 분홍색 쇼핑백을 들고 나왔다. 다시 두 사람은 교보타워 사거리 쪽으로 걷기 시작했고 여자애는 그가 손에 든 양복 윗도리를 굳이 자기가 들고 가고 싶다며 고집을 피웠다.

"사람들이 보면, 우리 딱 걸려."

그가 말려도 여자애는 막무가내였다.

"괜찮아요. 조카라고 해. 난 삼촌이라고 할게. 안 믿으면 뭐 선생님이라고 할게."

"그런 게 왜 하고 싶은데. 옷은 내가 들면 되는데."

"그냥. 내가 언제 어른 돼서 남친 사귀고 그러겠어, 시간 많이 걸릴 테니까 지금 해보려고 그러지. 그리고 내가 무슨 최연소 여성 판사가 되겠어. 김연아가 되어 우리나라를 빛내겠어. 여성 대통령이 되겠어. 아마 아저씨 애인이 최고로 높이 올라간 게 아닐까? 그러니까 난 지금 뭐든 다 해봐야 한다고 생각해."

그는 여자애의 손에 들린 쇼핑백을 자기가 들고, 양복 윗도리를 여자애에게 건네주었다. 여자애는 반듯하게 접은 윗도리를 한 손에 들고 요조숙녀 같은 몸짓으로, 키득키득 웃으며 앞으로 걸어갔다.

교보문고에는 사람들이 많았다. 그는 경제·비즈니스 코너에 서 있었고 여자애는 일본 소설 판매대 앞에 서 있었다. 그는 여자애의 모습이 대형 서고에 가려 보이지 않거나 하면 눈으로 열심히 실루엣을 찾았다. 그러다 태연하게 전화를 하거나 거울을 들여다보고 있는 모습을 보면 안도했다. 잠시 후 둘의 눈이 마주쳤을 때, 여자애가 독서할 수 있는 소파가 놓인 공간을 가리켰다.

사람들이 네모난 의자에 둘러앉아 등을 기댄 채 책을 보고 있었다. 그는 여자애와 마주 보는 자리에 앉아 책을 읽었다. 너무 조용해서 떠들 수가 없었다. 잠시 후에 그의 옆자리에 앉아 있던 중년 아저씨가 양말을 만지작거리며 책을 보다가 자리를 떴다. 여자애는 얼른 자리를 옮겨 그의 옆자리에 앉았다. 두 사람은 다른 사람들이 눈치채지 못하게 몸을 밀착한 채 서점 데이트를 즐겼다.

화장실에 다녀오던 그는 인형 판매대를 발견했다. 여자애의 시선은 이미 그를 좇아가고 있어서 그가 화장실에서 나오는 걸 보고 바로 일어나 그의 등 뒤로 가 섰다. 벽면을 꽉 채운 인형들을 본 여자애는 손으로 입을 가린 채 좋아했다. 그는 그제야 미국에서 산 인형 생각이 났다.

"집에 인형 있어. 가서 줄게."

남자가 조용히 말했고 여자애는 그의 몸에 살짝 붙어 서서 그의 팔을 얼른 잡았다 놓았다.

“진짜? 어디서 났는데?”

“미국에서 샀지. 이거보다 더 예뻐.”

“진짜지?”

여자애가 순간 번개처럼 그의 볼에 입을 맞췄다. 그는 말할 수 없는 쾌감을 느꼈다.

차 안에서 여자애는 핸들을 잡은 남자의 오른손 손등 위에 내내 자신의 손을 올리고 있었다. 여자애가 말했다.

“한강 가고 싶다.”

그는 반포대교 고수부지로 차를 돌렸다. 다리 위에서 사진을 찍는 사람, 낚시하는 사람들이 보였다. 비만 오면 늘 물에 잠겨 흉물스럽던 잠수교는 그날따라 여유로워 보였다. 반포대교 바로 아래여서 덥지도 않았고 가로등이 많아 어둡지도 않았다. 그는 건너편의 이촌동 쪽 아파트 불빛을 보며 여자애에게 물었다.

“어디 아프지 않아?

“괜찮아요.”

여자애는 강 쪽으로 얼굴을 돌렸다.

“진짜 괜찮아?”

“응. 진짜.”

얼굴을 돌리긴 했지만 여자애의 얼굴은 어느 때보다 더 남자 곁에 가깝게 다가와 있었다.

“미안해.”

“뭐가 미안해요?”

"내가 너한테 나쁜 짓을 했어."

그는 양미간에 힘을 주어 찡그리며 말했다.

"무슨 말이야?"

"그냥 미안해."

"나도 미안해요. 밥도 많이 먹고."

여자애는 순간 창문을 열고 머리를 내민 채 다리 위쪽으로 시선을 향했다.

"아저씨 나 있잖아, 죽으려고 저 위에 올라갔던 적 있다. 저기 보이지? 바로 저기."

"닌 신싸 이상한 애구나."

"내가 좀 이상하지."

"도대체 왜 그랬니?"

"그냥."

"그래서 어떻게 됐는데?"

"올라가면 굉장히 무서워. 바람도 많이 불고. 그리고 진짜 추워."

"당연히 춥겠지."

"아저씨 그거 알아?"

"뭐?"

"저 위에 올라가잖아, 그럼 제일 고민되는 게 뭔지 알아?"

"뭔데?"

"신발을 가지고 떨어져야 하나, 그냥 놓고 떨어져야 하나 그거다. 웃기지?"

"응 조금."

"안 웃기는구나."

"배 안 고프니?"

"배 안 고파."

"난 배고파."

"아마 아저씨는 저 위에 올라가면 난간에 바짝 엎드려 살려 달라고 소리치면서 구급대에 전화하고 난리 칠 거야."

"맞아, 난 그럴 거 같아. 겁이 많거든."

"바보."

"맞아 난 바보야. 밥 먹으러 가자."

"잠깐만 더 있어. 아직 배 안 고파."

"너 오늘 이상하다. 왜 배가 안 고프니?"

"그런데 뭐 물어봐도 돼요?"

"뭘?"

"아저씨, 나 좋아해요?"

여자애는 아직 정면으로 남자의 얼굴을 본 적이 없었다. 여자애는 처음으로 그의 눈을 쳐다보면서 말하고 있었다. 그가 여자애의 얼굴을 끌어당겨 천천히 키스했다. 그는 달착지근하고 따뜻한 여자애의 입술을 얼굴에 부볐다.

그는 천천히 고수부지를 돌아 다시 강남으로 들어갔고, 언젠가 거래처 사람들과 같이 갔던 양재동의 고깃집을 기억해냈다.

그는 거기서 혹시 누군가를 만나지 않을까 걱정되기도 했지만 여자애에게 말할 수 없이 미안했고 점점 작아지는 얼굴을 보고 있기가 불편했다. 뭐든 좀 맛있는 걸 먹게 해주고 싶었다.

"나 소주 잘 마시는데."

숯불 위에 올린 등심구이가 익을 때쯤 여자애가 말했다. 그는 소주 한 병을 시켰다.

"소주 주량은 인생의 깊이와 비례한대."

여자애가 조금은 과장된 태도로 말했다.

"누가 그래?"

"노숙자 아저씨들이."

"아, 또 그 얘기! 노숙자 아저씨들 얘기는 좀 빼라."

"미안해요."

"제발 그 얘긴 하지 말아주세요. 노숙자 대변인 성명서 읽어? 그 사람들 얘기할 때마다 그 사람들이 널 따라서 다 나한테 몰려올 것 같거든."

"난 노숙자 아저씨들한테 진짜 많이 배웠는데. 이 텔레토비도 노숙자 언니가 선물로 준 건데."

여자애는 고기 한 점에 소주 한 모금씩, 맛있게 먹었다. 나중에는 그의 입에 상추쌈까지 싸서 넣어주었고 게장이며 오이무침, 물김치와 두부구이까지, 그 식당에서 나온 접시라는 접시는 모두 비웠다. 그는 그냥 그런 모습을 지켜보다가 자연스럽게 입을 열었다. 왠지 말해도 될 것 같은 타이밍이라는 판단이 들어서였다.

"월요일부터 새 회사에 출근해야 해."

여자애가 순간, 젓가락을 내려놓았다.

"알아요."

"이제 휴가 끝났어."

"그렇구나."

"너한테 미안한데 하루만 더 같이 있고, 이제 집에 가야 해."

"응, 진짜 가야 하네."

"응, 진짜."

"헤어지는 거네."

"일단은."

"회사 자리 잡히면 다시 보자."

"알았어요."

"그리고 우리 어디 좋은 데 가자."

"어디?"

"바다 보러."

"정말?"

"그럼 정말이지."

"아저씨, 나 바다 보고 싶어."

여자애는 담담하게 말하며 그의 물컵에 자기 소주잔을 부딪쳐 건배를 외쳤다. 돌아오는 차 안에서 여자애는 고개를 떨어뜨린 채 곤히 잤다. 그는 그냥 핸들을 잡고 있었는데 지금까지

한 번도 경험해보지 못했던 슬픔이 자동차 핸들을 따라 천천히, 아주 천천히 동그랗게 온몸을 타고 퍼지는 듯한 기분이 들었다.

오피스텔에 도착해 지하 주차장에 차를 세운 뒤 자동차 뒷좌석에 있는 가방을 들고 엘리베이터를 탔다. 엘리베이터 문이 열리기 직전까지 여자애는 그의 어깨에 자연스럽게 기대서 있었다. 15층에서 문이 열리자 그가 먼저 내렸고 여자애가 뒤에 내렸다. 엘리베이터 바로 앞 의자에 다리를 꼰 채 앉아 있는 최지민을 본 순간 그는 얼굴이 하얗게 질렸다. 그러나 이 정도의 임기응변은 충분히 할 수 있었고, 여자애도 금세 상황을 파악했다.

"삼촌, 나 먼저 들어갈게요. 삼촌 애인 예쁘네!"

여자애가 말했고 그는 손에 든 가방과 키를 여자애에게 넘겨주었다. 여자애의 입에서 소주 냄새가 풍기지는 않았을까 걱정이 되긴 했다. 여자애는 고개를 숙인 채 복도를 걸어가면서 성질이 더러운 직장 상사라는 여자의 얼굴을 거의 째려보듯 쳐다봤다.

"조카야. 인사해! 야 인마, 인사하고 들어가야지."

"자기한테 조카가 있었어?"

"그럼. 서울에 왔는데 있을 데가 마땅치 않아서."

"그래도 그렇지. 방도 없는 집인데 여자 조카를 데리고 있어?"

"수능이 코앞인데 공부가 좀 달려서. 형이 일부러 보냈어."

그가 딱딱한 톤으로 말했고 최지민의 목소리는 한껏 떨리고 있었다. 그때 여자애는 오피스텔 문을 열고 안으로 들어갔다.

"그런데 왜 전화를 안 받아요? 그리고 자기, 형 없잖아?"

"알잖아, 이것저것 준비할 것도 많고. 형이 왜 없어. 사촌 형이 둘이나 있는데."

"진짜 나빠."

"경황이 없었어."

"그럼 우린 언제 만날 수 있어요?"

최지민은 여전히 화가 나 있었다. 순간 그는 뭔가 결정적인 멘트가 필요하다고 생각했다. 그는 최지민이 입은, 가슴을 한껏 드러낸 여름용 도트 무늬 실크 원피스를 훑어봤다.

"나도 불편해죽겠어. 불청객이 올 줄은 몰랐거든. 옷 예쁘네."

그제야 인상이 조금 풀리는 것 같았다.

"차 한잔하고 갈래?"

"어디서? 나가서?"

"그런데 내가 저 녀석 수학 문제를 봐줘야 해서, 지금은 나갈 수가 없어."

"수학만 달려? 영어는 내가 좀 봐줄까?"

"응 그래. 고마워. 형이 어찌나 안달하는지."

"그렇겠지. 미리 과외 좀 시키지."

"들어갈래?"

그는 한 번 더 쐐기를 박았다.

"들어가면 뭘 해요. 애도 있는데."

최지민이 그의 팔을 잡았고 그는 순간 움찔했다.

"다음에 편하게 봐요."

그는 엘리베이터를 타고 주차장까지 내려가 최지민을 배웅했다. 그 짧은 시간 동안 눈앞에 버젓이 서 있는 최지민의 몸을 기억해보려고 애썼지만 그녀의 아무것도, 떠오르지 않았다. 엘리베이터 문이 닫히려는 순간 그가 말했다.

"내가 서녁에 이메일 보낼게. 지난봄에 했던 계약 관련 서류 몇 개만 찾아서 보내주면 좋겠어."

그는 최지민의 차가 바퀴 소리를 내며 거칠게 주차장을 빠져나가는 걸 보고 나서야 커다랗게 숨을 내쉬었다.

여자애는 우두커니 침대 위에 앉아 있었다. 그는 여자애의 머리를 두어 차례 쓰다듬고는 재킷을 벗고 화장실로 들어가 손을 씻었다.

"자, 귀여운 우리 조카, 같이 수학 문제 풀까?"

그가 말했지만, 여자애는 아무런 반응이 없이 우두커니 침대 위에 앉아 있었다.

"왜 그래?"

"갔어요?"

여자애가 물었다.

"갈래요."

여자애가 침대 위에서 일어나며 거칠게 이불을 걷어냈다. 그는 당황했고 무슨 말을 해야 할지 몰랐다.

"저 여자가 돈 빌려준, 밤에 문자 보내는 그 직장 상사예요?"

그는 순간 여자애의 이마에 새겨진 힘줄을 봤다.

"신경 꺼."

"왜 신경 꺼야 해요?"

"넌 몰라도 돼. 어른들 일이야."

"그래요?"

"그래."

"하지만 저 여자가 아저씨랑 나랑 둘이 있는 시간을 방해하잖아요."

"어른들 일이라니까. 그리고 넌……"

"나? 나 뭐요?"

"지금 갔잖아. 너랑 같이 있으려고 돌려보냈잖아."

여자애가 벌떡 일어나 볼을 감싼 채 방 안을 왔다 갔다 했다.

"너 왜 이러니?"

그도 화가 났다. 여자애가 벌써 배낭을 들고 저만치 현관 입구까지 쏜살같이 걸어가고 있었다. 그는 얼른 여자애를 따라가 손을 잡았다.

"하나야 잠깐만."

그는 말없이 여자애의 어깨를 잡았다. 그리고 어깨를 두드려 여자애를 안심시켰다. 여자애가 배낭을 내려놓고 가만히 서 있었다. 그는 수납장 문을 열고 미국에서 사 온 인형 상자를 꺼내 여자애가 서 있는 현관 앞 콘솔 위에 올려놓았다.

"미국에서 샀어. 너 주려고."

여자애는 말이 없었다.

"너 주고 싶어서, 미국에서부터 사서 들고 왔다니까. 나 아무래도 미친 것 같다. 이걸 들고 비행기를 타다니. 트렁크에도 안 들어가던걸. 졸지에 난 공주님을 키우는 아빠가 됐다구."

여자애는 슬며시 인형 상자를 끌어가더니 손가락 끝으로 박스 이음새 부분을 문질렀다. 그리고 못 참겠다는 듯, 플라스틱 위에 붙어 있는 스티커를 떼고 상자를 열었다.

"바보야. 널 처음 만났을 때부터 좋아했다는 거, 그 인형 보면 모르겠니?"

여자애는 잠시 동안 몸을 좌우로 흔들며 가만히 서 있었다.

"인형 사주고 꾀어서 데리고 자려는 거 모를 줄 알아? 어쨌든 고마워요."

"짐도 많잖아. 내가 데려다줄게."

"괜찮아요. 버스 타고 가면 되니까."

"옷이랑 네 물건 다 가져가야지."

여자애는 인형의 오동통한 볼을 자기 볼에 갖다 대었다.

"너무 예뻐요. 노랑머리에 갈색 피부. 우리 텔레토비 친구가 생겼네."

“맘에 드니?”

남자가 물었다.

“그럼요. 너무나. 이름을 뭐라고 짓지? 줄리, 엘리스, 캐시, 래빗, 신시아. 아, 뭐라고 짓지?”

“이름이 왜 필요해.”

“아, 한글 이름이 좋겠다. 얼굴은 서양 애고 이름은 토종으로. 아, 뭐가 좋을까?”

그는 여자애의 교복 주머니에서 휴대전화를 꺼내 자기 번호를 입력하려고 했다. 괜한 짓은 아닐까, 잠깐 걱정이 되기도 했지만 연락처를 몰라 밤길을 헤매는 것보다는 나을 것 같았다. 숫자 네 개를 눌렀을 때 그는 액정 화면에 자기 번호가 뜨는 걸 봤다. 그의 이름은 ‘A’로 저장되어 있었다. 여자애에게 이미 명함을 준 것이 기억났다.

“나중에 전화할게.”

그는 여자애 뒤에 서서 여자애를 꼭 안았다. 뒤통수에 입을 맞추고 목덜미에 팔을 둘러 안았다. 여자애의 가슴이 쿵쿵 뛰고 있었다. 여자애가 천천히 돌아섰다. 여자애는 울지 않았다. 여자애는 오히려 그의 머리칼을 쓰다듬어주고 손가락으로 그의 얼굴을 부드럽게 만져주었다.

“아저씨도 잘 지내요.”

“그럼.”

“밥 잘 먹고.”

"그럼, 걱정 마."

"아저씨는 밥을 너무 안 먹어."

"넌 너무 많이 먹어."

그때 여자애의 휴대폰이 울렸고 여자애는 그에게서 조금 물러난 채 플립을 밀어 전화를 받았다. 그는 제자리에서 뱅글뱅글 돌며 전화를 받는 여자애의 모습이 예쁘다고 생각했다. 그는 전화를 받는 여자애를 뒤에서 안았다. 그때까지만 해도 그는 곧 다가올 일을 전혀 예상하지 못했다.

버티컬은 열려 있었지만 더 이상 여름 저녁의 소음은 들려오지 않았다. 여자애가 전화를 끊은 뒤 운동화를 신다가 문득 그를 돌아보았다.

"나, 집에 가기 싫어요."

여자애는 이미 상의를 벗고 있었다. 그도 말릴 생각은 없었다.

"알아."

그가 대답했다. 여자애는 물고기처럼 눈을 커다랗게 떴다. 그리고 자신을 향해 다가오는 그의 모습을 똑똑히 지켜봤다. 여자애는 옷을 벗고 침대 위에 앉은 채로 남자를 기다렸다. 남자가 다가와 엉덩이와 허리 아래로 팔을 넣어 여자애를 자기 몸 쪽으로 끌어 내렸다. 여자애가 두 팔을 올려 그의 얼굴을 감쌌다.

6

여자애는 종각역으로 갔다. 지하철 물품 보관함 중에서 비교적 넓은 칸을 찾은 뒤 지폐를 넣었다.

"언니 올 때까지 사고 치지 말고 잘 있어야 해."

여자애는 남자가 사준 미국 인형을 보관함 안쪽에 넣었다. 어두운 보관함 상자 안에서 혼자 무서워할까 봐, 노란 몸과 얼굴 전체를 손수건으로 예쁘게 가려주었다.

"무서워하지 마. 깜깜해도 울지 말고. 나중에 얼굴에 눈물 자국 보이면 언니가 엉덩이 때리고 혼내준다. 넓디넓은 나라에서 온 너를 이 비좁은 보관함에 가두다니, 정말 미안하다."

입을 옷이 든 쇼핑백과 세탁이 필요한 옷이 든 가방을 가지런히 정리해 넣고는 보관함을 향해 손을 흔들었다. 여자애는

80

빨간 텔레토비 인형을 안고 지하철 종각역 바깥으로 천천히 걸어 나갔다.

여자애는 피곤해서 쓰러질 것 같았다. 커다란 원을 그리며 팔을 돌리기도 하고 어깨를 돌려보기도 했다. 한 집 걸러 아홉 집이 아직 문을 열지 않은 관철동 뒷골목을 천천히 걸었다. 누군가 고무호스를 끌어와 가게 앞에 물을 뿌렸다. 알바생이 앞치마를 두른 채 진열장을 닦기도 했다. 토요일이긴 했지만, 아는 얼굴들이 거리로 몰려나오기에는 아직 이른 시간이었다.

여자애는 관철동에서 길을 건너 인사동으로 들어가는 모퉁이에 있는 금강제화 앞에 섰다. 쇼윈도에 진열된 앙칼스러워 보이는 하이힐들은 언제나 여자애의 시선을 끌었다. 그런 건 다만 눈요기일 뿐 정작 여자애는 굽이 낮아 편해 보이는 샌들을 갖고 싶었다. 여자애는 편하고 납작한 샌들을 신고 그에게 껌처럼 달라붙어 멀고 먼 낯선 곳까지 따라가는 상상을 했다.

잠시 뒤 다시 종각역 쪽으로 걸어 내려와 던킨도너츠로 들어갔다. 스타벅스나 커피빈보다 커피 값이 그나마 조금 싸서 여자애에게는 만만한 곳이었다. 아메리카노 한 잔을 산 뒤 설탕 두 봉지, 크림 한 봉지를 넣어 스틱으로 천천히 잘 저었다. 설탕과 크림을 아예 섞어주는 오리지널 커피도 있지만 그건 왠지 맛이 덜했다. 여자애는 거리가 잘 내다보이는 자리에 가 앉았다. 휴대전화를 꺼내 액정을 들여다보다가 전화기를 덮어버렸다. 커피를 한 모금 마시고 살짝 눈을 감았다 떴다. 혓바닥을 움직일 힘조차 없이 처져 있던 몸이 깨어나고 피로가 가시는 것 같았다.

집에서 나온 뒤 여자애는 아침마다 커피를 마셨다. 엄밀하게 말하면 그건 가출도 아니었고 그냥 살 곳이 없어진 것뿐이었다. 왜 그랬는지 집에 있을 때는 커피를 마실 수 없었다. 인스턴트 커피가 그리 비싼 것도 아닌데, 누가 마시지 말라고 하는 것도 아닌데 마실 수 없었다. '커피를 마시면 머리가 나빠진다.' 이유는 그거 하나뿐이었던 것 같다. 선생도 부모도, 자기들은 늘 커피를 입에 달고 살면서 학생들은 한 모금도 못 마시게 했다. '커피를 마음껏 마시려고 가출함.' 여자애는 친구들에게 그렇게 말하고는 혼자 좋아했었다.

시간이 갈수록 처음과 달리 많은 것을 할 수 있게 됐다.

담배를 마음대로 피울 수 있다. 운이 나쁘면 임신을 할 수도 있다. 더 운이 나쁘면 나쁜 놈들한테 죽기 직전까지 맞고 치료비 한 푼 못 받을 수도 있다.

그러나 기호 식품을 마음대로 섭취할 수 있다는 것 말고, 가출했다고 해서 특별히 좋은 건 없었다. 마음대로 마실 수 있는 아침 커피 한잔으로 나머지 안 좋은 것들을 다 덮을 수 있다면 그걸로 만족이었다. 그만큼 여자애는 설탕과 크림을 넣어 잘 저은 단 커피를 좋아했다.

막 아는 얼굴이 문을 밀고 들어와 호들갑을 떨며 여자애의 옆에 앉았다. 집을 나온 지 얼마 되지 않은 신삥 J였다.

"너 요즘 안 보이더라."

"응. 좀 바빴어."

여자애는 뱅 스타일의 앞머리를 손가락으로 빗어 내리며 말했다.

"너, 드디어 잡았구나. 그래서? 잘됐니? 말 좀 해봐."

J는 강박적으로 앞머리를 끌어 내리며 물었다. 여자애는 잔을 내려놓고 약간 인상을 쓰며 짧게 대답했다.

"열나 피곤했지 뭐."

벌써부터 흐르는 땀을 주체하지 못하는 J의 얼굴은 보기만 해도 더웠다.

"땀 좀 닦아."

J는 호기심이 가득한 눈빛으로 자꾸 질문을 해댔다.

"남자가 괴롭히든? 어떻게 하는데?"

"괴롭히긴. 그냥. 너 뭐 안 마셔?"

"뭘 마셔. 됐고. 괜찮은 사람이었나 봐."

"너 뭐 좀 마시라니까."

"됐어. 난 지금 음료수 필요 없어. 선배의 지도가 필요해."

"아, 진짜 더럽게 괴롭히네. 나 지금 열나게 피곤해."

"어디서 했어?"

그 질문에 여자애는 마음이 흔들려 약간 움찔했다. 따뜻했던 곳, 좋았던 장소를 떠올리자 몹시 우울해졌다. 하지만 오피스텔이라는 단어가 혀끝에 맴돌자마자 섬유 유연제 냄새나 샤워

코롱 냄새 같은 것이 몸으로 확 퍼지며 기분이 좋아졌다.

"아, 진짜 어디서 했냐니까?"

"오피스텔."

"진짜? 완전 좋았겠다. 멋진데. 모텔이면 최고로 생각해야 한다던데."

"그렇지."

"그렇구나. 너 완전히 운 좋았다."

"운 좋기는. 너도 나중에 해봐. 뼈 빠져."

J가 눈을 동그랗게 뜨며 한쪽 팔을 잡고 나머지 팔로 잡아빼는 시늉을 했다.

"진짜 뼈가 빠져?"

"응."

"진짜 뼈가 빠지는구나. 그렇구나."

"너, 내 말 똑똑히 들어. 이 세상에 우릴 안 괴롭히는 인간들은 없어. 알겠냐?"

여자애는 J가 음료를 주문하러 간 사이, 막 뜨겁게 달아오르기 시작하는 유리창 너머의 거리를 쳐다보고 있었다. 양복을 입고 지나가는 사람들, 맨다리를 드러낸 사람들, 반짝반짝 빛나는 건너편 금은 가게들, 옷가게 벽면에 걸려 있는 영화배우 소지섭의 대형 브로마이드, 거리를 비추는 은색 햇빛, 지금 눈앞에 보이는 길거리가 온통 다 거짓말 같다고 느꼈다.

그건 여자애 자신도 마찬가지였다. 지난밤까지 있다 나온 따뜻한 오피스텔. 그러나 들어갈 집도 없이, 종각역 근처에서 떠돌고 있는 지금 이 시간이 말짱 다 거짓말 같았다. 그러나 여자애는 그런 거짓말 같은 하루하루를 견디는 방법을 잘 알았다.

"가자!"

여자애는 커피를 손에 든 채 던킨도너츠에서 나왔다. J와 같이 피시방이 많은 종각역 쪽으로 걸어갔다.

밤을 새운 아이들이 여기저기 소파 위에 널브러져 자고 있었다.

"야, 너 얼굴 반반해졌는데."

러닝셔츠를 입은 채 세수를 하고 나온 남자애들이 여자애 주변으로 몰려들었다.

"열나게 당한, 수척한 얼굴인데 돈 좀 뜯었냐?"

여자애는 남자애들을 쫙 째려봤다.

"콘돔은 썼겠지?"

"입 안 닥쳐! 까불면 죽는다."

J가 하나 대신 남자애의 등짝을 한 대 갈기며 말했다.

"야 그러는 너, 등짝 넓은 애, 너도 해봤냐?"

여자애는 지저분한 얘기에 참견하고 싶지 않아 컴퓨터 앞으로 가 앉았다. 주변에 흩어져 앉아 있던 여자애들 몇 명이 여자애 주변으로 바로 모여들었다.

"아무것도 모르는 새끼들이 까불기는. 빨리 열어."

여자애들은 한 화면을 같이 보면서 채팅을 하기 시작했다.

“아침부터 우리 아저씨들 열나게 몰려들었네.”

가출한 아이들이 만든 사이트에 채팅 신청을 하거나 연락처를 남겨놓은 사람들이 수두룩했다. 아직 열어보지 않은 채 반짝거리는 아이콘들이 스크롤을 내려도 내려도 계속 올라왔다.

“우리 아저씨들, 다들 정신 못 차리시네. 다들 완전 급하시네.”

그 순간 똑똑한 사회복지사 언니가 늘 하는 잔소리가 쩌렁쩌렁 울렸다.

‘여자애들은 가출하는 순간부터 몸을 이용해 살아가는 법을 배우게 된다. 배우지 않아도 다 알게 돼. 대학로에서 신촌에서 니네들 선배들이 나타나 다 가르쳐주지. 그런데 누군가 니네들 몸값을 내는 순간부터 니네들 몸의 주인은 돈을 준 사람이야. 그런데 그 돈이라는 건 아주 적다. 아주 적어.’

여자애는 화면을 보고 있으면서도 머리를 쳐들 수가 없었다. 잠이 쏟아졌고 사지는 힘없이 늘어졌다. 온몸에서 힘이 빠지고 다리도 팔도 후들후들 떨렸다. 화면에 뜨는 내용을 보는 것도 구역질났고 눕고만 싶었다. 탈진한 것처럼 온몸에서 힘이 빠졌다.

피시방에서 나와 다시 인사동 쪽으로 걸어갔다. 인사동을 지나 일본문화원 쪽으로 지하도를 건너 허리우드극장 앞 횡단보도를 건넜다. 광화문 세무서 옆에 있는 오래된 오피스텔 건물 지하에 있는 사우나에 들어갔다. 옷도 벗을 기운이 없어 교복을 입은 채 소파 위에서 잠깐 졸았다.

"이봐 학생, 여기서 자면 어떡하니? 일어나."

사우나에서 일하는 종업원들이 여자애를 깨웠고 여자애는 그제야 일어나 눈을 비비며 옷을 벗기 시작했다. 허리와 다리, 뒷목 부근과 팔까지 온몸이 아프지 않은 곳이 없었다.

여자애는 미지근한 욕탕에 들어갔다. 오전 시간이라 사우나는 한적했고 무척 조용했다. 여자애는 수증기가 뽀글뽀글 올라오는 대리석 바닥에 엉덩이를 댄 채 가만히 앉아 있었다. 미지근한 물로는 몸이 풀리지 않는 느낌이었다. 할머니들 몇이 죽은 듯이 들어가 앉아 있는 뜨거운 물에 들어갔다. 입수하는 순간, 눈물이 찔끔 났다.

시간이 좀 지나자 얼굴에 땀이 송골송골 맺히고 온몸에서 기운이 더 빠졌다. 어깨가 아프고 눈이 따갑고 기운이 없어 몸이 처졌다. 고개를 들면 눈앞에 그가 나타나 왼쪽, 오른쪽으로 쉴 새 없이 지나갔고, 그러다 또 갑자기 사라져 보이지 않았다. 여자애는 무릎을 올리고 무릎 위에 얼굴을 묻은 채 가만히 앉아 있었다. 똑똑. 욕탕 위로 물 떨어지는 소리가 들렸다.

여자애는 뜨거운 증기실 앞에 있는 의자에 누워 코를 골며 한참을 잤다. 옷을 벗은 채 빨간 텔레토비 인형을 안고 서울 시내를 돌아다니는 꿈을 꾸었다. 누군가 두 다리를 잡아당겨 멈춰 섰는데 텔레토비 인형을 선물로 준 노숙자 언니였다. 그때 여자애는 큰 소리로 울리는 사회복지사의 갈라진 목소리를 들었고 눈을 반짝 뜨고 일어났다. 노숙자 언니가 길거리에서 부른 배를 잡고 아기를 낳고 있었다. 그러나 아무리 애를 써도 노숙자 언니의 배 아래로는 아기가 나오지 않았다.

여자애는 한기를 느끼고 다시 탕 안으로 들어가 한참을 나오지 않았다. 콧등에 땀이 나자 다시 나와 샤워기 앞에서 머리를 감았다. 가능하면 거울을 외면하고 싶었는데 사방이 거울이었다. 그와 함께 있었던 순간이 떠오를수록 지금의 몸이 역겨워졌다.

머리에 수건을 감고 탈의실로 나간 여자애는 찜질복을 입고 매점으로 내려가 초콜릿우유를 사 마셨다. 그러고는 휴대전화를 들고 평상 위에 앉았다. 사진함을 열어 사진들을 한 장씩 넘겨 봤다. 기분이 좀 나아진 듯 조금씩 웃기도 하고 액정을 눈앞으로 끌어다 사진을 자세히 들여다보기도 했다.

여자애는 잠깐 휴대전화를 무릎 위에 올린 채 골똘히 생각에 빠졌다. 여자애는 남자의 전화번호를 찾았다. 액정에 뜬 남자의 이니셜과 전화번호를 손가락으로 쓰다듬었다. 그러나 여자애는 그에게 전화를 걸거나 문자 메시지를 보내지는 않았다. 왠지 그렇게 해서는 안 될 것 같았다.

여자애는 인사동 골목으로 들어가 밥을 사 먹었다. 모자를 쓴 할아버지 몇 명이 친구들과 함께 삼치구이를 메뉴로 이른 점심을 먹고 있었다.

"공부하느라 힘들지. 많이 먹어라."

주인아주머니는 늘 여자애의 비빔밥 밥그릇에 계란프라이 하나씩을 더 올려주었다.

"아줌마? 어떡하면 아줌마처럼 노른자를 이렇게 말짱하게 둔 채 프라이를 할 수 있어요?"

양은그릇 한 귀퉁이에 놓인, 기름이 지글거리는 계란프라이를 내려다보며 여자애가 물었다.

"그냥 부치면 되는겨."

주인아주머니와 얘기를 해도 기분이 좋아지지는 않았다. 남자의 오피스텔에 있는 동안 지겹게 먹었던 계란프라이였다. 어자애는 갑자기 목이 메려고 했다.

"아줌마, 저도 삼치구이 하나만 해주세요."

말할 수 없이 허기가 밀려왔고 여자애는 비빔밥에 삼치구이 한 마리를 다 먹고, 그것도 모자라 나중에 먹으려고 돌려놨던 계란프라이마저 모두 먹었다. 노른자가 흰색으로 굳어버린 후였다.

"또 와라. 공부 잘하고. 넌 잘 먹는데도 살이 안 찌네. 힘들어서 그렇지? 왜들 그렇게 다들 공부만 죽으라고 시킨다니."

주인아주머니는 늘 말이 많았다. 처음엔 귀찮다가도 자꾸만 들으면 마음이 편안해지는 엄마의 잔소리처럼, 결국은 들으나 마나 한 걱정을 또 듣고 나왔다.

여자애는 인사동 골목으로 걸어가 막 사람들이 몰리기 시작하는 쌈지길로 들어섰다. 화장실에 들어가 양치질을 하고 눈과 입술에 화장을 한 뒤 거울을 봤다. 무슨 생각인지 배낭에서 캐논 카메라를 꺼냈다. 약간 어두운 화장실 거울에 비친 자기 얼굴을 카메라에 담기 시작했다. 다른 사람이 화장실에 들어오거나 말거나 아랑곳하지 않고 거울에 카메라를 들이대고 계속 사진을 찍었다. 얼굴이 모두 나오기는 어려운 각도임에도 여자애는 자기 얼굴을 조금씩 더 앵글 안으로 밀어 넣으며 자꾸만 사진을 찍어댔다.

여자애는 버스 맨 뒷자리에 앉자마자 팔짱을 끼고 고개를 숙였다. 승객들이 큰 소리로 통화를 하거나 버스가 급정거를 하면 한 번씩 깨어나 습관적으로 휴대전화를 들여다봤고 J처럼 손가락으로 앞머리를 강박적으로 끌어 내렸다.

달랑 세 식구뿐이던 단출했던 집안은 어느 날 갑자기 산산조각이 났다. 아빠는 어딘가로 뿅 하고 사라져 모습을 감췄고 엄마는 돈을 벌어야 한다며 일을 하러 다니기 시작했다. 아빠가 남긴 빚 때문에 엄마는 늘 집으로 찾아오는 사람들한테 시달렸다. 대전에서 나고 자랐지만, 그곳엔 친척들도 없었고 여자애에게 관심을 두는 사람은 아무도 없었다.

여자애는 기능 반에 들어가 생활하면서 거의 공짜로 학교에 다녔다. 뜨거운 운동장에 서 있던 날이 많았던 대전의 어린 시절을 떠올리면 여자애는 현기증부터 느꼈다. 다른 여자애들은 픽픽 잘도 쓰러졌지만, 여자애는 그렇지도 못했다. 결국 학교에서 배운 거라고는 뜨거운 운동장에서 넘어지지 않고 오래 서 있는 요령뿐이었다.

어느 날 여자애는 엄마와 같이 짐도 하나 없이 서울로 와버렸다. 학교는 다닐 수 있었지만, 엄마의 거처를 알고 서울까지 따라온 빚쟁이들 때문에 엄마는 또 집을 나갔다. 강원도의 어느 절에 있다고 하고, 전라도의 된장 공장에 다닌다고도 했다. 여자애의 기억에 엄마가 갔던 곳 중 가장 멀게 느낀 곳은 진도였다. 여자애는 대한민국 전도 지도를 펴놓고 진도를 찾아 동그라미를 했다. 그러다 최근에 다시 엄마가 서울에 있다는 연락을 받았다.

여자애는 가끔 꿈에서 아빠를 만났다. 보고 싶어 생각을 많이 한 날에는 만날 수 없었고 무방비 상태일 때 아빠가 나타났다. 아빠는 닥스 체크무늬 셔츠를 입고 빨갛고 노란 사과를 잔뜩 담은 바구니를 등에 멘 채 걷고 있거나, 벽돌 공장 같은 데서 벽돌을 져 나르는 일을 하고 있었다. 여자애를 보는 순간 입을 벌려 환하게 웃곤 했는데 여자애는 이가 다 빠진 아빠의 얼굴을 보고 눈을 감으려 했지만 그럴 수 없었다. 여자애는 아빠의 검은 입속을 보지 않으려고 도망치다 잠이 깨곤 했다.

엄마는 서울역 주변의 식당에서 주방 일을 했다. 버스에서 내린 여자애는 엄마가 일하는 식당에 전화를 걸었다. 빚쟁이들 때문에 엄마는 휴대전화조차도 가질 수 없었다. 소란스러운 식당이라 한참 만에야 엄마가 전화를 받았다. 30분 뒤에, 늘 만

나던 길 건너편 언덕에 있는 교회 마당에서 보기로 했다.

남대문경찰서 옆 허름한 먹자골목에서 흰 와이셔츠를 입은 회사원들이 꾸역꾸역 몰려나왔다. 여자애는 가만히 선 채 흰옷을 입은 사람들이 움직이는 모습을 바라보았다. 그 사람들 가운데에 아는 얼굴이 있을 리 없었다. 여자애는 시선을 아래로 한 채 머리를 흔들었다. 땅바닥에 떨어진 나무 열매를 운동화로 지근지근 밟기도 하고 예쁜 모양의 나뭇잎을 찾기도 하면서 여자애는 엄마가 오기를 기다렸다. 무슨 모임이 있는지, 동남아 사람들이 벤치에 모여 앉아서 차를 마시며 열심히 얘기를 나누는 중이었다.

여자애는 학교 다닐 때 유독 언어 과목을 좋아했다. 인도나 태국 아니면 필리핀, 어느 나라 사람들인지는 몰라도 여자애는 지금 동남아 사람들이 하는 영어를 어느 정도는 알아들을 수 있을 것 같았다. 그들은 어떤 단체에서 진행하는 외국 연수 프로그램 때문에 서울에 와 있는 동남아 사람들이 분명했다. 여자애는 표 안 나게 사람들 가까이 가서 선 채 동남아 사람들이 하는 얘기를 알아들으려고 집중했다.

한국 사람들이 처음 만나자마자 나이를 묻는 거 참 이상하지 않느냐는 얘기, 한국 여자들은 연예인처럼 다 예쁘다는 얘기, 그러나 다 똑같은 스타일이라는 반론, 남쪽에 아름다운 섬이 있다는데 꼭 한번 가보고 싶다는 얘기들이 오가고 있었다. 여자애는 자기가 그 영어를 알아들은 게 아주 기뻐서 혼자 빙그

레 웃었다.

여자애의 엄마는 앞치마를 두른 채 나타나서 딸에게 인사도 하지 않고 벤치에 걸터앉아 담뱃불부터 붙였다. 그래서 여자애는 엄마가 그립다가도 막상 만나면 화가 나면서 정신이 번쩍 들곤 했다.

"교회에서 담배를 피우면 어떡해?"

"교회서 담배를 안 피우면, 그럼 어디서 피워?"

"엄마는 진짜 상식이 없어."

"넌 아니, 상식이 뭔지? 하루 종일 식당에 있다 보면 속이 느글거려서."

"왜 속이 느글거려."

"음식 냄새가 얼마나 느글거리는지. 조미료 덩어린데."

"아, 진짜. 조미료를 넣으면 안 되는 거 아냐?"

"조미료 안 넣으면 아무도 안 먹어."

"여전해 진짜."

"그니까 하나님 계신 교회에서라도 시민들이 담배를 편하게 피우게 해줘야지."

여자애는 엄마의 몰골을 더 보고 있기가 싫어 지갑에서 돈부터 꺼냈다. 남자가 준 10만 원짜리 수표였다. 여자애는 그 돈을 엄마의 앞치마 주머니에 찔러 넣어주며 말했다.

"사람들이 안 괴롭혀? 요즘엔 뜸하지?"

"귀신같이 알아. 지금도 누가 아마 알고 있을 거야. 니가 나

돈 주는 거."

"그 인간들은 지치지도 않나."

엄마는 손을 넣어 돈을 꺼내 확인한 뒤 다시 앞치마 주머니에 넣었다. 여자애는 교인들이 운영하는 찻집에 가서 수정과 두 잔을 사 왔다.

"마셔."

수정과 한 모금을 마신 엄마는 거칠게 기침을 해대며 교회 바닥에 휭 코를 풀어 던졌다. 그러고는 또 말없이 계속해서 수정과만 마셨다.

"파마도 좀 하고 그래. 엄마 얼굴 보면 사람들이 식욕 떨어진다고 안 해?"

"파마는 무슨."

"아무리 식당 일을 해도 그렇지, 꼴이 참."

"주방에서 일하는데 몰골이 무슨 상관이람."

"왜 상관이 없어."

"근데 넌 왜 얼굴이 그렇게 조막만 하니?"

여자애는 엄마가 고개를 든 순간 엄마 얼굴에 잔뜩 달라붙은 기미를 발견했다. 남의 얼굴 작아지는 걸 걱정할 형편이 아닌 엄마 얼굴을 보자 여자애는 또 우울해졌다. 그러나 엄마 앞에서 슬픈 얼굴을 하지 않겠다는 자신과의 약속 때문에 여자애는 또 깊게 숨을 들이쉬었다.

"얼굴이 작아야 길거리 캐스팅도 가능하지. 얼굴 크면 연예

인으로 성공할 가망 없는 거 몰라?”

“지랄한다.”

“내가 성공하면 엄마 죽을 때까지 해마다 해외여행 보내주고, 엄마 말이라면 별이라도 따다 줄 수 있는 멋있는 애인도 만들어줄게.”

“제발 그래라.”

“성형수술도 해줄게. 다 해줄게.”

“그래 다 해줘라. 제발 다 해줘. 넌 잘 지내는 거지?”

“그럼.”

“조심해.”

“엄마나 아빠처럼 안 살 테니까 걱정하지 마. 난 잘 지내.”

동남아 사람들이 모두 일어나 교회 밖으로 나가면서 여자애를 보고 환하게 웃었다. 여자애도 아무 생각 없이 그들을 보고 씽긋 웃었다.

여자애는 여전히 담배를 피우며 한숨을 푹푹 내쉬는 엄마를 바라보고 있었다. 그때 근처 회사에 다니는 회사원인 듯한 여자가 목에 명찰을 건 채 교회 안으로 걸어 들어왔다. 여자애는 엄마의 뒤로 돌아가 아무 말 없이 엄마의 등에 손을 올려놓았다. 그리고 천천히 엄마의 등을 쓰다듬었다. 이제는 더 나올 눈물도 없다는 엄마의 말이 맞는 것 같았다. 회사원인 듯한 여자도 뚱한 얼굴로 담배를 피워 문 채 교회 건물 위쪽으로 곧게 뻗어 올라간 나뭇가지들을 하염없이 올려다보고 있었다. 여자

애는 경쟁적으로 담배 연기를 뿜어대는 두 여자를 번갈아 쳐다
보며 가만히 서 있었다.

　여자애는 엄마와 헤어진 뒤 버스를 타고 여의도로 갔다. 날
씨가 덥긴 했지만 강바람이 조금은 불었다. 여자애는 강가를
따라 걸었다. 기분이 좀 나아지는 것 같았다. 조금 걷다가 운
동화와 양말을 벗고 맨발로 걸었다. 맨손체조를 하고 잔디밭
위를 달리기도 했다. 저만치 다리 위로 지나가는 버스도 쳐다
보고 카메라를 꺼내 선착장에 서 있는 유람선도 찍었다.
　키도 크고 덩치가 큰 남자가 선착장에서 담배를 입에 문 채
연을 날리고 있었다. 남자는 검은 양복에 검은 넥타이를 맨 상
복 차림이었다. 그의 연 끝에는 어울리지 않게 반짝이가 잔뜩
붙어 있었다. 연은 멀리멀리 날아갔다. 여자애는 그 연이 날아
가는 쪽으로 몸을 움직여 따라갔다.
　한참을 가다가 뒤를 돌아봤는데 남자가 허공에 연을 날려둔
채 입에 담배를 물고 저쪽으로 걸어가고 있었다. 여자애는 카
메라를 꺼내 허공으로 날아가는 연을 찰칵 찍었다.
　저만치 축구 골대 앞에서 축구를 하는 어린 남자애들이 보였
다. 여자애는 한 손을 머리에 얹은 채 어린애들이 있는 쪽으로
걸어갔다. 그리고 벤치에 앉아 애들이 공을 차는 모습을 쳐다
봤다. 저만치서 교복을 입은 여자애들 한 무리가 걸어왔다. 순
간 축구공이 여자애가 앉아 있는 쪽으로 굴러 왔다. 여자애는

벌떡 일어나 공을 받았다.

"야, 너희 기다려. 누나가 공 찬다."

여자애는 있는 힘을 다해 공을 찼다. 어린애들이 환호성을 질렀으나 자동차 소리 때문에 잘 들리지 않았다. 어느새 여자애는 남자애들 틈에 섞여 종횡무진 공을 찼다. 곧 편을 나눴고 축구 시합이 시작됐다. 여자애가 골대 안에 공을 넣을 때마다 남자애들의 환호성이 커졌다. 여자애는 몸에서 땀이 흐르는 것도, 뛸 때마다 자기 숨소리가 들리는 것도 좋았다.

"야, 어때? 누나 공 잘 차지?"

'어, 누나 짱.'

그러나 사실은 아무도 그렇게 말하지 않았다.

애들을 데리고 가판대로 갔다. 애들이 아이스크림 통에 달라붙어 머리를 넣고 더 맛있고 큰 걸 고르겠다고 아우성을 쳤다. 여자애도 애들과 같이 아이스크림 통에 머리를 넣었다.

여자애까지 전부 여섯 명이 강가에 앉아 아이스크림을 먹었다. 날씨가 더운 탓에 아이스크림이 금세 녹아내렸다. 한 녀석은 땀으로 얼룩진 입가로 아이스크림이 흘러내리는 것도 모르고 먹는 데 집중했다. 여자애는 가방에서 티슈를 꺼내 녀석의 입가를 꼭꼭 눌러 닦아주었다. 여자애는 자기 얼굴을 한 번 쳐다보고 바로 눈을 내리까는 남자애의 얼굴이 귀엽다고 생각했다.

"아까 그 연 날린 사람이다. 저기!"

애들 중 누군가가 소리쳤다. 저만치 다리 위에 검은 양복을 입은 남자가 난간에 상체를 기댄 채 강물을 내려다보고 서 있었다. 여자애는 자기도 모르게 팔을 뻗어 올려 마구 흔들었다. 다리 위의 남자도 여자애에게 손을 흔드는 것처럼 보였지만 확실하지는 않았다.

여자애는 여의도역에서 국회도서관 순환버스를 탔다. 버스를 타긴 했지만, 도서관에 들어갈 수는 없었다. 여자애는 도서관 입구의 벤치에 앉았다. 졸음이 몰려왔다. 연인 한 쌍이 노트북을 펴놓고 함께 앉아 있었다. 대학생인 듯한 여자가 뚜껑이 보라색인 노트북을 무릎 위에 올려놓고 킬킬거리고 있었다. 여자애는 그 노트북을 뚫어져라 쳐다봤다.

"나도 아저씨한테 사달라고 해야지."

여자애는 혼자 중얼거렸다. 자고 싶었다. 금세 까무룩 잠이 들려는데 전화기가 부르르 떨렸다. S였다.

7

남자들은 상암동에 있는 IT 회사에 다닌다고 했다. 만나기로 한 장소는 대학로 마로니에공원 입구였다. 거기가 아니면 관철동이나 가끔 신촌 현대백화점 앞에도 갔다. 여자애는 S와 같이 약속 장소로 나갔다. 네 사람은 퓨전 돈가스 집에 들어갔다. 자리가 몹시 비좁아 뒤에 앉은 사람과 등이 맞닿을 지경이었다. 네 사람은 돈가스를 먹었다. 채팅해서 건수를 올린 건 S였다. 그러나 S는 J와는 또 다른 의미에서 초보였다. S는 여자애에게 도움을 청했다. 여자애는 회사원이라는 이 남자들이 아주 불손하다고 느꼈다. 식당에서 아르바이트하는 학생에게 반말을 했고 식당 바닥에 휴지를 마구 버리거나 침을 뱉었다.

"야, 여기 토마토케첩 좀 갖다 줄래?"

여자애는 기분이 상했고 상한 기분을 드러내고야 말았다.

"아저씨, 토마토케첩이 필요하면 좀 친절하게 말할 수 없나요? 겨우 토마토케첩 가지고 너무하시는 거 아닌가요?"

번쩍번쩍 빛나는 은갈치색 양복을 입은 회사원이 얼굴이 빨갛게 변하며 여자애한테 말했다.

"넌 그럼 토마토케첩 없이 돈가스 먹을 수 있어?"

여자애는 순간 머리에서 뿔이 돋는 느낌이었다.

"토마토케첩 없이 돈가스 먹죠, 왜 못 먹어요?"

"난 못 먹어."

"제 얘기는…… 아뇨, 됐어요."

"뭐?"

"더 말하고 싶지 않아요."

회사에서 걸려온 듯한 전화를 받는 말투며, 밥을 먹으면서도 한쪽 발을 한쪽 넓적다리 위에 올리고 다리를 달달 떠는 태도하며, 어느 것 하나도 마음에 드는 것이 없었다.

"정확히 IT 뜻이 뭐죠?"

여자애가 질문했다. S는 자기 앞에 앉은 검정 양복 회사원이 무슨 말을 할 때마다 속없이 실실 웃었다. 검정 양복이 마음에 드는 모양이었다.

"지금 우리가 너희 공부시키러 왔냐? 아이, 인포메이션. 티, 테크놀로지. 근데 니네들 진짜 몇 살이냐?"

"민증 깔까요?"

여자애가 가방을 앞으로 가져와 뚜껑을 열며 신경질적으로 말했다.

"민증이 있긴 해? 교통카드 아냐?"

"아 씨, 대한민국에 민증 없는 사람 있나."

"봐봐, 봐봐."

은갈치색 양복이 여자애에게 얼굴을 가까이 대고 물었다.

"근데 너 진짜 성질 더럽다."

"초면에 너무하시는 거 아닌가요? 성질이 더럽다뇨."

여자애가 신경질적으로 말했다.

"그래 인정한다 인정해. 성질 깨끗하다 깨끗해."

여자애는 이런 순간이 싫었다. 이런 말이 오가는 순간만큼은 말장난도 통하고 버릇없이 굴어도 괜찮았지만, 여관방에 들어가면 끝이었다. 여기서 또다시 유령 목소리처럼 사회복지사 언니의 강의가 떠올랐다.

'일단 냄새나는 여관방에 들어가면 너희가 아무리 싫다고 발버둥을 쳐도 어쩔 수 없어. 운이 나쁘면 죽도록 맞을 수도 있고.'

여자애는 이런 인간들을 더는 못 참겠다고, 돈가스 속살을 포크로 후벼 파며 속으로 울부짖고 있었다.

"넌 장래 희망이 뭐냐?"

앞에 앉은 검정 양복이 여자애에게 물었다.

"저요?"

“응, 너.”

“지금 뭐 회사 면접 해요? 그냥 뭐 직장 다니고 내 힘으로 밥 벌어먹고 사는 거죠 뭐.”

“좋네.”

“인생 뭐 별거 있나요.”

여자애가 손가락으로 옆 머리카락을 배배 말아 올리며 대답했다.

“그래. 장래 희망은 나랑 똑같네.”

“장래 희망이라기보다 그냥.”

“근데 넌 말하는 투가 왜 그래? 누가 너한테 장래 희망 같은 걸 물어봐주면 고마워해야지. 이게 진짜.”

검정 양복이 신경질적으로 말했다.

“장래 희망 물어봐서 대답했는데, 뭘요.”

순간 검정 양복이 자리에서 벌떡 일어났다.

“에이, 이걸 확.”

여자애를 때리려는 순간 은갈치색 양복이 검정 양복의 팔을 잡았다.

검정 양복은 S를 찍었다. 여자애는 초보인 S가 걱정스러웠다. 두 사람이 계산을 하러 일어난 사이 여자애가 S에게 물었다.

“무서우면 지금 안 가겠다고 말해야 해. 지금이 아니면 소용없어.”

“나 안 무서워.”

"솔직히 말해."

"왜, 넌 무섭니? 넌 내가 그렇게 우스워 보이니? 난 하나도 안 무서워."

"응, 너 우스워 보여."

"너 진짜. 죽을래?"

"덜덜 떨고 있는 거 다 알거든."

그때 계산대 쪽에 서 있던 은갈치색 양복이 여자애들을 향해 손을 흔들었다.

"오라는 거야?"

"잘해야 해."

"알았어. 걱정 마. 그런데 사실은 뱃살이 막 떨려."

"뭘 떨어. 그거 한다고 죽냐? 끝나고 전화해."

"알았어."

"끝나고 언니가 맛있는 거 사줄게."

여자애는 S의 손을 꼭 잡았다. S는 이를 덜덜 떨며 어색하게 웃는 얼굴로 손을 흔들었다.

여자애는 은갈치색 양복을 따라 종로에 있는 한 모텔로 들어갔다. 은갈치색 양복은 긴장한 듯 자꾸 물을 마시고 휴대전화를 만지작거렸다. 여자애는 몸을 씻고 나와 죽은 듯이 누워 있었다. 은갈치색 양복은 이미 한 손에 콘돔을 들고 조금 떨고 있었다. 알아서 콘돔을 준비하다니, 얼마나 다행인지. 여자애는 고맙기까지 했다. 살집이 많고 피부가 하얀 남자였다. 몸에

털이라고는 없는 그런 부류의 남자들 중 하나였다.

"나 사실 처음이야, 이런 거."

은갈치색 양복은 처음부터 끝까지 굉장히 조심스러웠고 다행히 이상한 짓은 시키지 않았다. 여자애는 몹시 우울했다. 침대 아래가 낭떠러지인 것만 같았고, 다시는 이런 일을 하고 싶지 않았다. 흰 눈구덩이에 머리를 디밀고 머리가 얼어 터질 때까지 기다리는 상상을 하며 시간을 견뎠다.

다음 날, 여자애는 피시방 한구석에서 잠을 깼다. 주변을 둘러봐도 S가 보이지 않았다. 휴대전화도 잠잠했다. 여자애는 아침을 먹고 있는 피시방 사장한테 S를 봤는지 물었다. 자는 애들에게도 물어봤지만 다들 못 봤다고 말했다. 그런 일로 잠 좀 깨우지 말라고 짜증까지 냈다.

S의 전화기는 꺼져 있었다. 여자애는 불안해서 견디기 어려웠다. 어제 미팅을 하기 전에 오갔던 검정 양복의 전화번호를 찾아내 통화 버튼을 눌렀다. 검정 양복의 전화기도 꺼져 있었다. 몇 초 뒤에 다시 통화 버튼을 눌렀으나 전화는 연결되지 않았다. 스무 번쯤 전화를 걸었지만, 전화는 계속 연결되지 않았다.

여자애는 은갈치색 양복과 두 시간쯤 같이 있다 헤어졌고 곧장 피시방으로 돌아왔다. 여자애는 S를 기다리지 않고 혼자 돌아온 걸 후회했다. 느낌이 좋지 않았다. 분명 무슨 일이 생긴 것 같다는 느낌이 들었다. 무서워서 참을 수가 없었다.

여자애는 종각역 주변을 미친 듯이 뛰어다녔다. 발바닥은 불이 난 것처럼 뜨거워졌고 겁이 나서 숨을 제대로 쉴 수가 없었다. 여자애는 그렇게 한 시간쯤 찾아다녔지만 S를 만나지 못했다. S는 보이지 않았다.

여자애가 인사동에서 허리우드극장 쪽으로 달려가고 있을 때 누군가 여자애의 이름을 불렀다.

"하나야."

돌아보니 사회복지사였다. 펑퍼짐한 일자 검정 바지에 짧은 커트 머리를 하고 큰 가죽 가방을 어깨에 둘러멘 체 터덜터덜 걸어오고 있었다.

"너 어디 가?"

"그냥 좀."

"얼굴이 왜 그래? 울었니?"

"아뇨."

"무슨 일 있어?"

"아뇨."

"무슨 일 있구나."

"네."

"언니한테 말해봐."

"사실은."

여자애는 그 자리에 주저앉아버렸고 사회복지사가 가방에서 꺼내주는 물을 마시고 나서야 일어난 일을 사실대로 말할 수 있었다. 사회복지사는 하나의 손을 꼭 잡은 채 피시방까지 같이 걸어갔다. 사회복지사가 애들을 만나러 오는 날, 그런 날은 뭔가 좋지 않은 일이 생겼을 때였다.

"애들아, 다 모여."

사회복지사가 가방에서 담배부터 꺼내 입에 물었다. 여자애는 사회복지사가 담배를 피우며 말하는 모습을 보는 게 좋았다. 비록 좋은 말을 들을 확률이 거의 없다는 뜻이기는 했지만, 그 모습은 제일 좋았다. 사회복지사는 열 명 가까이 모인 가출 청소년들에게 연설을 하기 시작했다. 유일하게 가출한 애들을 챙겨주는 사람이어서 애들은 사회복지사가 나타나면 귀찮아도 무슨 말이든 다 듣는 척했다.

"다 앉아봐."

사회복지사가 앞에 가까이 앉은 애의 어깨에 손을 얹은 채 작은 목소리로 얘기하기 시작했다.

"너희 많이 힘든 거 다 알아. 나도 옛날에 너희처럼 힘들었어. 지금 이렇게 살아 있는 것도 참 신기할 정도로. 왜 그렇게 힘들고 가난했는지 지금도 잘 모르겠어. 애들아, 물론 나는 너희가 집을 나온 이유도 잘 알아. 물론 너희가 돌아가도 반겨줄 집도, 가족도 없다는 것 역시 잘 알아. 오죽하면 그랬겠니. 하지만, 이렇게는 안 돼."

"또 시작이야, 저 소리."

누군가 낮은 목소리로 말했다.

"누나가 돈이 많아서 너희가 편하게 살 수 있는 집을 마련해
줄 수 있으면 얼마나 좋겠니. 누나가 높은 사람을 알아서 너희
가 편하게 살 수 있는 집과 돈을 공짜로 얻어줄 수 있으면 얼마
나 좋겠니. 차라리 누나가 보건복지부 장관이면 얼마나 좋겠
니. 누나가 차라리 대통령이면 얼마나 좋겠니."

"어 완전 좋지. 누나를 대통령으로!"

이번에는 아무도 웃거나 떠들지 않았다.

"정말 미안하다. 애들아, 잘 들어. S가 하나랑 일을 나갔다
가 돌아오지 않고 없어져버렸어. 너희는 잘 모르겠지만 때로
나쁜 사람들을 만나면 잘못될 수도 있어. 너희는 어리고 힘없
고 부모도 없다고 생각하는 거지. 당하고, 맞고, 살아 나오면
다행이지만 그렇지 않을 수도 있어. 내가 연락할 때까지 너희
여기 가만히 있어. 내가 찾아볼게. 우리 S가 무사히 돌아오길
빌자."

"아, 개자식들. 나타나기만 해봐라. 내가 그냥 확, 대가리를
부셔버려야지. 내장도 긁어버릴 거야."

남자애들이 화를 냈다.

"오늘은 누나가 같이 밥을 먹을 수가 없겠다. 여기 돈을 좀
두고 갈게. 배고픈 사람 나가서 밥 사 먹어."

사회복지사가 밖으로 나갔다. 아이들은 모두 멍해졌고 구석
에 주저앉거나 휴대전화를 들고 통화를 하며 우는 여자애도 있
었다.

"아, 저 뚱땡이만 왔다 가면 분위기 완전 흐려진다니까."

남자애들 몇이 모여 떠들며 담배를 피워 물었다.

여자애는 종각역 지하도로 내려가 물품 보관함을 열었다. 수건으로 싸놓은 미국 인형을 꺼내 빨간 텔레토비와 나란히 무릎 위에 올려놓았다. 여자애는 울음인지 웃음인지 알 수 없는 소리를 내며 울기 시작했다. 그러고는 한참 동안 보관소 옆 벽에 기대앉아 휴대전화를 만지작거렸다. 그리고 결국 남자의 전화번호를 찾았고 A라는 이니셜이 뜨자 통화 버튼을 눌러버렸다.

전화기에서 음악 소리가 들렸다. 레스토랑인지 백화점인지 알 수 없었지만, 피아노 연주 소리가 들렸고 잠시 후에 그의 목소리가 들렸다.

"아저씨."

여자애가 말했고, 상대방은 잠깐 사이를 둔 뒤 다시 전화를 받았다.

"그래, 하나구나."

"네."

"잘 지내니?"

여자애는 그의 목소리를 듣자마자 눈물을 그쳤다.

"아저씨, 내 친구가 없어졌어요."

"어디로 갔는데?"

"그냥 없어졌어요."

"돌아오겠지. 가출일 거야."

"죽었을지도 몰라. 너무 힘들어서 전화했어요. 전화 안 하려
고 많이 참았는데."

"괜찮아."

"친구가 없어져서, 무서워, 무서워죽겠어."

"전화해도 괜찮다니까. 그런데 너 지금 어디니?"

"지하철역에 있어요. 친구 찾아다니고 있어요."

"일단 기다려봐."

"무서워서 못 기다리겠어."

"내가 다시 전화할 테니까 기다려."

"언제요?"

"곧 할게. 나도 너 보고 싶어서 연락하려고 했어. 알았지?"

"알았어요."

"일단 끊자. 기다려."

"알았어요."

그리고 전화는 끊어졌다. 여자애는 전화기를 입에 댄 채 다
시 울기 시작했다.

그는 다음 날 여자애에게 전화를 걸었다. 오후 7시까지 전에
살던 오피스텔 옆 건물의 커피숍으로 오라고 했다. 여자애는
너무 울어서 퉁퉁 부은 눈을 진정시키느라 애를 먹었지만 나름
대로 예쁘게 보이려고, 티 나지 않게 꾸미고 나갔다.

커피숍에는 손님이 없었다. 겨우 일주일이 지났는데, 몇 년
의 세월이 흐른 것처럼 그는 완전히 딴사람이 된 것 같았다. 말

끔한 양복에 반짝이는 구두, 길거리에 지나다니는 회사원들보
다는 조금 긴 듯한 자연스러운 헤어스타일, 깔끔하게 다려진
와이셔츠, 새처럼 보이는 파란색 넥타이, 따뜻하고 부드러운
말투도 여전했고 상대방의 애기를 잘 들어주는 태도도 여전했
다. 여자애는 조금 당황했다.

"친구는 돌아왔니?"

그가 물었고 여자애는 고개를 저었다.

"아직."

"어디 여행 갔을 수도 있잖아."

"그게 아니라니까. 아저씨는 짐작도 못 해요."

"뭐가 아닌데. 좋게 생각하자."

"그런 게 아니라니까."

"그럼 뭔데?"

"아저씬 아무것도 몰라."

"그래, 난 몰라. 몰라서 미안해."

"진짜 순진해."

"나 안 순진해."

"그동안 잘 지냈어요?"

"그럼 잘 지냈지."

"나도. 나도 잘 지냈어."

"밥 먹었니?"

"맨날 그 밥 먹었느냐는 소리 좀 그만해요."

"넌 밥 많이 먹어야 해."

"알아요."

마치 실크처럼, 부드러운 목소리를 듣는 순간 여자애는 S의 일을 잊었다. 머리부터 발끝까지 말로 표현할 수 없는 따뜻한 냄새가 계속해서 남자로부터 풍겨 오는 것 같았다. 두 손으로 턱을 괸 채 앞에 앉은 자기를 바라보는 그의 눈빛을 여자애는 영원히 잊지 않겠다고 다짐하고 있었다.

그때 둘이 서로 먼저 무슨 말인가를 하려고 입을 열었고 동시에 둘은 얼굴을 쳐다보며 웃었다.

"바다 보러 언제 가요?"

"가야지."

"언제?

"좀 한가해지면."

"그게 언제야?"

"잘 알지? 아저씨 새로 지사장 발령받고 지금 거의 헤매고 있어."

"왜?"

"난 내가 똑똑한 줄 알았는데 바보였어."

"아저씨, 그 여자 지금도 만나요?"

"또 어른들 일 꼬치꼬치 묻고 그런다."

"알고 싶어요."

"전혀 안 만나."

“진짜?”

“응. 난 너만 있으면 돼.”

“진짜?”

여자애는 양어깨를 쭉 올리며 좋아했고, 이제까지 흘린 눈물
은 다 잊고 기쁜 표정을 지었다.

“이사 갔어요?”

“그럼.”

“집 좋아요?”

“그럼.”

“이사 갔으면서 왜 여기서 만나자고 해?”

“아직 그 동네는 잘 모르기도 하고.”

“아직도?”

“응. 심리적으로 이 동네가 편하네. 전에는 싫었는데 말이야.”

여자애는 고개를 숙인 채 눈앞에 있는 카푸치노 커피잔만 내
려다보고 있었다.

“밥 먹으러 가자.”

“배 안 고파. 더 얘기했으면 좋겠어요.”

“먹으면서 해.”

“그래. 그래요.”

여자애는 기분이 좋아져서 커피 값을 내고 밖으로 나가는 그
의 뒤를 강아지처럼 졸졸 따라갔다. 커피숍에서 두 계단만 내
려가면 주차장이었고 주차장으로 내려가는 계단에서 그는 여자

애를 벽으로 살짝 밀고 이마에 입을 맞췄다. 여자애는 그의 어깨에 손을 얹은 채 씩씩하게 걸어갔다. 빨간 텔레토비는 여전히 여자애의 어깨에 매달려 있었다.

남자는 여자애의 밥그릇 위에 흰 생선살을 발라주었다. 또 음식을 흘리면 금세 냅킨을 꺼내 입을 닦아주기도 했다. 여자애가 맛있게 먹는 반찬이 떨어지면 얼른 주문해 더 먹게 해주었다. 또 후식 코너에서 아이스크림도 직접 떠다 주었다. 여자애는 S의 일이 떠오를 때마다 숨이 막혔지만 이내 행복해져서 계속 웃기만 했다.

강변도로를 달렸다. 창을 열고 얼굴을 내밀었다. 바람이 시원하기도 하고 따뜻하기도 했다. 여자애는 차창 너머로 강을 보고 있었다.

"아저씨, 강이 거꾸로 흐르는 것 같아요."

여자애가 말했다.

"바람 때문이지."

"그렇구나."

"넌 가끔 이상한 말 잘하더라."

"이상하긴 뭘. 그런데 지금 우리 어디 가요?"

여자애가 물었고 그는 웃었다.

"바다."

그의 차는 이내 자유로를 달렸다. 멀리 흰색의 아파트 단지들이 보이고 막 붉어진 노을이 지평선 끝에 얼굴을 맞댄 채 천천히 북쪽으로 움직이고 있었다.

여자애는 수족관처럼 생긴 여관방 안에 들어가 탄성을 질렀다. 천장이며 벽이 온통 물고기 그림이었고 진짜 잉어들이 어항 속에 들어 있었다. 푸른색 침대와 이불, 천장에 줄을 달아 매달아놓은 조개껍데기, 산호초, 미역 줄기 등등.

"아저씨, 그거 알아?"

"뭐?"

"일본 영화. 조제, 호랑이 그리고 물고기들."

"몰라."

"그런데 여기 어떻게 왔어?"

"그냥."

"솔직히 말해봐. 알지? 봤지?"

"뭘?"

"아저씨, 그 영화 봤지? 집에 일본 영화 디브이디 많던데."

"그거 다 포르노야."

"진짜?"

"응."

"아저씨 포르노 광이야? 우아, 실망이다."

"남자들은 그런 게 필요해."

"왜 필요해?"

"머릿속이 지저분하니까."

"그렇구나."

114

“무슨 영화니?”

“조제는 사람 이름이야.”

“호랑이는?”

“호랑이는 호랑이지.”

“그럼 물고기는?”

“물고기는 물고기지. 바보.”

그는 양복 윗도리를 벗고 침대에 걸터앉아 여자애를 쳐다보고 있었다.

“나 그 영화 되게 좋아해.”

“그래?”

“응.”

“근데 난 그 영화 몰라. 미안해.”

여자애는 벽에 손을 짚은 채 방 안을 뱅글뱅글 돌아다녔다.

“아저씨 나 있잖아, 지난번에 여의도 고수부지에서 축구했다.”

“별거 다 하네.”

“나 축구 잘한다. 꼬마들이 누나 축구 잘한다고 난리 났었다니까.”

“나도 축구 잘해.”

“그럼 우리 같이 축구 시합하러 가자.”

“그래, 가자. 바닷가에 가서 축구하자.”

“아저씨, 그리고 나 갖고 싶은 거 생겼어.”

“뭔데?”

“나 진짜 그거 갖고 싶어.”

“뭔데?”

“말해도 돼?”

“그럼. 뭔데?”

“노트북. 어느 회사 건지는 모르겠고 껍데기가 보라색이야.”

“보라색?”

“응. 얼마나 예쁜지 몰라. 도서관에서 봤는데 정말 훔치고 싶었다니까.”

“알았어. 노트북 하나쯤이야 일도 아니지.”

“진짜?”

“진짜지. 당장 보내줄게.”

“약속했어.”

“약속! 그러니까 이리 와.”

“아, 그리고 또 있어.”

“노트북 가방도 같이.”

“어떤 건데?”

“도서관에서 본 그 여자 가방도 세트로 보라색이더라.”

“물어볼게.”

“누구한테?”

“직원들한테 물어보면 금방 다 나와.”

“진짜 그거 갖고 싶어.”

"알았어, 알았어. 다 사줄게."

"진짜? 좋아. 그런데 잠깐만."

여자애는 캐논 카메라를 꺼내 바닷속 세상을 이런저런 각도로 카메라에 담았다. 여자애가 그의 얼굴을 찍으려 하자 그는 손가락을 들어 브이 자를 만들었다.

"아저씨 잘생겼다."

"난 뭐 별로인 것 같은데."

"난 아저씨처럼 잘생긴 사람 처음 봐."

"그래?"

"응."

"그런데 난 그런 얘기 너무 많이 들어서 아무렇지도 않아."

"피!"

"그리고 내 얼굴 정도는 강남역 가면 널렸어."

"아, 왕 잘난 척."

"내가 좀 그렇지."

"난 장동건보다 아저씨가 더 잘생긴 거 같아."

"그만하고 이리 와."

그는 손을 내밀었고 여자애는 잠깐 멈칫거렸다. 여자애는 앞머리카락이 흩어졌을까 봐 손가락에 침을 발라 머리를 잡아당겼다. 그리고 그에게 다가가 허리를 약간 숙인 채 말을 붙였다.

"저기, 혹시 이 수족관에 사시나요?"

그는 어깨를 살며시 끌어와 여자애를 무릎에 앉혔다.

티셔츠 위로 여자애의 가슴을 만지며 남자가 뭐라고 중얼거렸다.

"뭐라고? 아저씨 지금 뭐라고 했어?"

여자애는 남자의 귓가에 입술을 댄 채 자꾸만 중얼거리는 남자에게 묻고 또 물었다.

여자애는 남자의 셔츠를 연 뒤 허리 아래로 손을 넣었다. 여자애의 손이 몸에 닿는 순간 어느새 남자는 또 거대한 회색 빙하 속에 갇혔다. 그리고 알 수 없는 깊이의 낭떠러지로 툭 떨어져 내리고 있었다. 남자는 그대로 빙하 속으로 머리를 박고 돌진하듯 침대 위에 자기 몸을 눕혔다. 그러나 여자애는 섣불리 그의 몸에 가 닿지 못하고 그와 약간 거리를 둔 채 침대 위에 누웠다. 두 사람은 각자의 바다를 올려다보며 숨만 크게 내쉬었다. 숨소리가 먼저 섞일 때까지, 물고기처럼, 두 사람은 가만히 눈을 뜨고 기다렸다.

그때 파란 침대 위에 모로 누워 있던 여자애가 눈만 돌려 그를 쳐다봤다. 그의 손이 자신에게 닿으려고 하는 순간, 여자애는 그의 손이 자기 몸에 닿지 못하도록 막았다. 그렇게 그를 쳐다보고만 있던 여자애는 그가 다시 손을 뻗으려는 순간, 그의 손이 채 몸에 닿기도 전에 입술을 비죽거리며 눈물을 흘리기 시작했다.

"보고 싶었어요."

"나도."

"그 정도가 아니라니까."

"나도 그래."

"보고 싶어 죽는 줄 알았어요."

여자애는 울었고 그는 한 손으로 말없이 여자애의 등뼈를 천천히 어루만졌다. 창밖은 어두운 밤인데 수족관 안은 온통 파란색이었고 물고기들이 모두 다 놀라 일제히 입을 방긋거리기 시작했다. 그는 여자애가 푸른색 등을 지닌 물고기 같다고 생각했다.

여자애는 숨도 쉴 수 없이 거칠게 밀고 들어오는 비디 같은 그를 향해 입을 열어 작은 소리로 말했다. 그는 여자애의 목소리를 들었고 알았다고 대답했다. 그 목소리에 답하듯 그는 천천히 입술을 포갠 채 애인의 손을 맞잡아 깍지를 꼈다. 여자애는 남자의 손이 닿는 순간, 꿈속에서 그토록 잡고 싶었던 손의 감촉을 오래 간직하고 싶어 그의 손을 입술로 가져갔다. 따뜻하고 부드럽고 생각보다 강한 손이었다. 평생 그 손을 놓고 싶지 않았다.

그는 자기 손을 핥고 있는 여자애의 입술을 보는 순간 눈을 감았다. 여자애는 그 순간 한 치의 거리감도 없이 몸에 붙은 먼지까지 동원해 그에게 엉겨 붙었다. 그는 여자애의 치골과 허벅지가 움직이는 모습을 내려다보다가 고개를 떨어뜨렸다.

"왜 그래요?"

여자애가 눈을 크게 뜬 채 물었다.

"왜 그래요?"

"그냥."

"내가 뭐 잘못했어요?"

"아냐."

남자는 계속 눈물을 흘리며 울고 있었다.

"왜 그래요?"

"아냐."

"왜 그래요?"

여자애는 놀라서 더 눈을 크게 떴고 남자는 납작한 여자애의 배 위에 얼굴을 댄 채 한동안 가만히 있었다. 여자애는 엄마의 뭉친 등을 만지듯 아주 천천히 그의 머리카락과 정수리 아래 부근을 쓰다듬었다. 그때까지도 그는 작은 소리로 훌쩍이며 계속 울고 있었다.

"예쁘다."

그가 속삭였고 여자애는 두 다리에 힘을 주어 그의 얼굴을 꼭 안은 채 눈물을 흘리며 대답했다.

"고마워요."

여자애의 목소리 끝이 떨리며 갈라졌다.

"바보."

"아저씨도 바보."

"맞아, 난 바보야."

"농담인데."

“아냐 맞아. 난 바보야. 아침에 일어날 때마다 머리를 한 대씩 쥐어박으면서 에이그 이 바보, 바보 그런다.”

“아저씨 바보인 거, 내가 처음 봤을 때부터 알았어.”

“그랬구나.”

“굉장히 똑똑한 줄 알았는데, 손을 잡았을 때 바보인 줄 알았어.”

“손을 보면 알아?”

“봐! 지금도 질질 짜고 있잖아.”

“그런 건 아닌데.”

“첫사랑 생각하는 거지?”

“난 첫사랑 없어.”

“정말?”

“그런 거 없어.”

“나보고 그 말을 믿으라고?”

“그럼.”

“피!”

“난 니가 처음이야.”

“뻥쟁이.”

“너야말로 첫사랑 얘기해봐.”

“지난번에 했잖아요.”

“언제?”

“내가 얘기할 때는 안 듣고.”

"그런 거 말고, 더 진한 얘기해봐."

"그런 게 어딨어, 그런 거 없어. 그리고 기억 안 나."

"얘기 안 해주면 나 그냥 간다!"

"피!"

"몇 살 때 누구랑 처음 했는지 다 말해봐."

"안 돼. 그럼 나 여기 물고기들한테 잡아먹혀."

"해봐."

"아, 알았어. 해줄게."

"응."

"얼마든지. 해줄게. 해줄게. 기다려봐. 아, 그런데 기억이
잘 안 나. 아, 기억나. 기억났어."

"빨리 해봐."

"해줄게. 해줄게. 아저씨가 원한다면 지어내서라도 해줄게."

"누구였어?"

"동네 오빠였나? 아, 맞아. 교회 오빠였다. 아냐 누구였지?
아, 기억나. 친구 오빠였다. 아니 자동차 정비소 오빠였다. 아
니 편의점 알바생 오빠였다. 맞아. 해줄게."

"누구였어?"

"아, 어디서부터 해줄까? 얼마든지 해줄게. 아저씨가 원하
는 대로 다 해줄게. 말해봐. 어떤 얘기를 듣기 원해? 아, 생각
났다. 노숙자 아저씨."

지하 주차장에 차들이 들어와 정차하는 소리가 들렸다. 엘리

베이터가 올라오는 진동음도 벽을 타고 전해져 왔다. 신발이 똑딱거리는 소리. 문이 닫히는 소리. 작게 들리는 웃음소리. 목욕탕의 수도관 비틀리는 소리도 들렸다. 창밖에서는 배기관을 밖으로 뺀 오토바이가 미친 듯이 질주하는 소리도 들렸다.

여자애는 바다에 누워, 멀리 있는 또 다른 바다가 몸을 뒤집으며 혼자서 찰랑거리는 소리를 들었다. 그는 여자애의 품에 안겨 잠들어 있었고 여자애는 눈을 크게 뜬 채 한 손으로 그의 등에 수없이 많은 글자를 적어나가기 시작했다.

어관방 소파에 놓인 붉은색 텔레토비 인형만이 이 모든 얘기를 듣고 있었다. 텔레토비가 검은 눈을 깜빡거리며 여자애에게 말했다.

'매우 아름다워.'

여자애는 텔레토비를 향해 눈을 찡긋했다.

'기다려 뽀. 돈이 생기면 언니가 보라돌이를 선물해줄게. 너도 외롭지 않게.'

8

시위는 여름 내내 이어졌다. 시위 행렬은 주말이 가까워지면 최대 3만 명까지 늘었다가 주초가 되면 다시 줄었다. 그는 회사로부터 채 30분 거리도 되지 않는 강북 도심에서 일어나는 일들을 텔레비전 화면으로 지켜봤다. 시위로 들끓는 국내 정치 상황과 불안정한 분위기는 그의 일에도 영향을 미쳤다. 사업하는 사람들은 입만 열면 왜 저렇게 시위를 허용하느냐고 볼멘소리를 해댔지만, 시위의 파장은 예상치 못한 속도로 더 크게 퍼져 나갔다. 높은 빌딩에 올라가 찍은 시위 현장 사진은 날짜가 지날 때마다 눌린 자루처럼 점점 옆으로 퍼져 나갔다.

대부분 점심은 거래처 사람들과 먹어야 했다. 저녁은 직원들과 같이 야근하며 도시락을 시켜 먹었다. 거의 자정 무렵이 되어 일이 끝나면 직원들과 강남역으로 몰려가 사케나 소주를 마시고 오피스텔에 들어가자마자 뻗어버렸다. 낮에도 밤에도 일했다. 매일 그랬다. 운동 따위는 생각해볼 수도 없었고 금세 몸에 군살이 붙어버렸다. 지위가 올라가면 좀더 여유 있고 편할 거라던 기대는 빗나간 셈이었다. 그는 점심을 먹고 어쩌다 혼자 탄 엘리베이터 안에서 윙윙거리는 기계음을 듣다가 가끔 깊은 우울에 빠지곤 했다.

개인의 능력 부족이라는 말로는 설명되지 않는 상황이었다. 어쩌다 친구들을 만나도 신이 나지 않기는 마찬가지였다. 부모가 부자인 친구들이야 전쟁만 나지 않으면 별로 걱정할 게 없었지만, 월급쟁이인 친구들은 만나기만 하면 죽는소리부터 했다. 수입한 가구를 인터넷으로만 판매해 꽤 재미를 본 중소기업 사장인 친구는 하루아침에 회사 문을 닫아야 했다. 회사 운영이 어려워져 골머리를 앓는 친구들이 대부분이었고 그중의 과반은 직장에서 잘리지 않을까 전전긍긍했다.

지사장으로 옮긴 뒤 제대로 되는 일이 하나도 없었다. 수출입 관련 회사가 다 비상이었다. 업무 파악이 끝나는 동시에 비상 체제에 돌입했고 차갑고 긴 불황이 시작되리란 예측은 맞아들어가는 것 같았다. 게다가 전에 다니던 회사와의 관계마저도 어려워져 그를 더욱 힘들게 했다.

"선배가 맡아서 구매했던 부품 재고가 눈덩이처럼 불어나 있어요. 환율 때문에 처분도 못 하고 어쩌지도 못하는 상황이 됐죠. 이렇게 연락하는 저도 난감합니다."

"위에서는 반대했는데 선배가 사들여야 한다고 주장했다는 거죠. 지금 구매 당시 리베이트가 있었는지 자체 조사 중입니다. 지금 여기는 폭풍 전야라구요. 그 재고가 치명적이에요."

"재고 때문에 회사가 망하게 생겼어요."

시시각각 들려오는 말을 들을 때마다 도의적 책임을 느꼈다. 그러나 현재의 회사 일에 집중하는 것만도 힘들어 관여할 수 없다고 말했다. 얼마 후, 후배는 빠지고 상무가 직접 연락해 수입할 당시의 정황을 물었다.

"상무님, 잘나가던 기업들도 픽픽 쓰러지는 판에 그게 왜 제 책임입니까. 전 그냥 월급쟁이잖아요. 제 예측이 빗나갔던 건 사실입니다만 제 예측을 믿고 사인한 건 당신들이었어요. 최종 결정권자는 당신들이었다고요."

"자네 말이지, 점차 경기 안 좋으니까 아무도 모르는 사이에 딴 회사로 가게 다 조치해놓고 말이야. 비즈니스 하는 사람이 그렇게 처신해도 되는 건가?"

어쩌다 만나는 최지민조차도 입만 열면 회사가 어렵다는 얘기만 해댔다. 그는 정말이지 그쪽 동네 얘기를 듣는 게 몹시 괴로웠다. 그래서는 안 된다는 걸 알면서도 그는 아예 그쪽 전화조차 받지 않았다. 그게 왜 자기 탓이라는 건지. 그는 이해할 수 없었다.

그는 여자애를 다시 만났다. 인사동에서 만나 저녁을 먹고 커피숍에 들어가 차를 마셨다. 그는 약속한 대로 보라색 노트북을 선물했고 여자애는 뛸 듯이 기뻐했다. 무선 인터넷이 연결되는 카페에서 노트북을 열어 간단한 기능들을 알려주고 한 시간 정도 함께 있다 헤어졌다.

여자애는 굳이 걸어서 가겠다고 했고 보라색 가방을 들고 신이 나게 거리로 나갔다. 그는 여자애의 뒷모습을 보며 미소를 지었다. 그리고 차를 세워둔 인사동 종로경찰서 옆 지상 주차장으로 갔다. 그런데 길이 좀 이상했다. 경찰이 길에 나와 있었고 어느 방향으로도 차를 보내지 않고 있었다. 광화문, 인사동 일대가 완전히 막힌 것 같았다.

그는 일단 주차장에서 차를 꺼내 조금이라도 움직여 길이 뚫린 곳을 찾아 나가겠다고 생각하고 도로로 진입하려 했다. 그러나 길에 쫙 깔린 경찰이 차들을 오도 가도 못 하게 했다. 이미 찻길은 사방으로 다 막혀 있었다. 그는 다음 날 일찍 잡힌 미팅 준비도 해야 했고 마음이 몹시 급해져 경찰과 실랑이까지 했다. 반대편 풍문여고 쪽으로만 보내주면 알아서 가보겠다고 아무리 사정을 해도 절대로 보내주지 않았다. 그는 있는 대로 짜증이 나서 차를 부숴버리고 싶었다.

그때 저만치 광화문에서 우회전해 인사동 쪽에서 몰려오는 시위 행렬이 보였다. 그는 주차장에서 겨우 10미터 정도 벗어나 차머리를 길 쪽에 댄 채 차 안에 가만히 앉아 있었다. 시위 행렬은 수운회관 쪽으로 가려는 것 같았다. 그는 연령대도 성별도 다양해 보이는 사람들을 아무 감흥도 없이 차창으로 내다보고 있었다.

그러다 차 안에만 있기가 답답해 문을 열고 밖으로 나갔다. 교복을 입은 여자애들이 카메라로 연신 사진을 찍어대며 지나갔다. 그는 그 자리에 두 시간 정도, 얼음에 달라붙은 죽은 물고기처럼 꼼짝달싹도 못 하고 길에 붙잡혀 있었다. 그는 다시는 강북에서 사람 만나는 약속을 하지 않겠다고 다짐했다.

여자애는 밤에 광화문으로 갔다. 시위가 있는 날은 피시방 아이들도 모두 밖으로 나가 피시방이 텅 비었다. 광화문에는 알 수 없는 활기가 있었다. 광장에 앉아 있는 사람의 몸에서 이상한 냄새가 났다. 광물성의 기름 냄새가 열기에 뒤섞여 머릿속을 어지럽혔다. 몸에 맞지도 않는 작은 의자에 몸을 구기고 앉아 온종일 원치 않는 공부를 하던 애들이 모두 밖으로 기어 나왔다. 애들은 집에 가라고 쌍욕을 해대는 노인들을 째려봤다. 그러고는 광장을 떠나 후미진 건물 뒤쪽으로 사라졌다. 건물 주차장의 화단 뒤쪽, 자동차가 한두 대 주차된 공터에서 남자애들은 비닐봉지에 본드를 넣어 들이마셨다. 길거리 철물점에서 싼값에 살 수 있는 접착제 토키코크였다. 담배와 본드와 니스를 순서대로 들이마신 애들은 고개를 뒤로 활짝 젖히며 공터에 드러누웠다.

나뭉구는 빈 깡통이 발에 걸리고 바닥에 깔고 누운 시위 전

단지가 등에 달라붙었다. 여자애는 교복을 입은 채 담배를 피우고 있는 여자애들을 쳐다봤다. 책가방을 깔고 앉아 허벅지를 다 드러낸 채 다리를 흔들어댔다.

"뭘 봐, 씨발."

여자애들이 욕을 했다. 앞가슴에 배낭을 멘 여자애들이 널브러져 있는 남자애들 쪽으로 몰려가 쭈그려 앉았다. 여자애는 애들 쪽으로 한 발짝 다가가고 싶었지만 다가가지 못했다. 애들은 입술을 맞댄 채 얕은 신음을 내며 입을 맞췄다. 광장 한가운데 모여 있는 사람들 머리 위로 줄 풀린 애드벌룬이 떠다녔고 그보다 더 위로 헬리콥터가 날았다. 몸은 점점 더 후줄근해졌고 기온은 더 높아졌다.

노래가 들렸다. 여자애는 그 노래를 알지 못했지만 아는 것처럼 따라 불렀다. 어느 순간 현기증을 느끼고 목에 힘이 풀려 건물 벽에 상체를 부딪치듯 기댔다. 현기증은 점점 심해졌고 다리가 풀리면서 맥없이 그 자리에 주저앉았다. 여자애는 광장에 벌렁 눕고 말았다. 숨소리가 들렸다. 넓은 광장의 소음이 모두 다 사라지고 숨소리만 하늘을 향해 솟구치는 것 같았다.

여자애는 피시방에서 꼼짝도 안 했다. 손가락을 물어뜯고 발가락을 비틀고 머리카락을 배배 꼬며 앉아 있었다. 밤에도 낮에도 가만히 누워 온 신경을 몸에만 집중했다. 여자애는 드디어 한 가지 생각에 도달했다. 다이어리를 뒤적거렸다. 생리 날짜 위에 적은 하트 모양의 표시가 비어 있는 걸 확인했다. 몇 주가 지나 있었다.

며칠이 흘렀다.

흘러간 시간만큼의 초침과 분침이 바늘이 되어 몸에 박힌 것 같았다. 여자애는 어느 토요일 아침 옆자리에서 자는 애의 비타민 음료를 훔쳐 마셨다. 그리고 겨우 정신을 차리고 사회복지사 언니에게 전화를 걸었다. 그러나 막상 사회복지사를 만나자 입이 딱 막혀버렸다. 여자애는 S에 관한 얘기를 꺼냈다. 사회복지사는 눈을 크게 뜨고 여자애 얼굴을 가까이 들여다봤다.

"S는 S고, 넌 괜찮아?"

커피숍 흡연실에 앉아 있어 구역질이 저절로 났다.

"괜찮냐구?"

사회복지사가 점점 더 눈을 크게 떴다.

"네, 괜찮아요."

딱 걸리고 만 상태였지만 여자애는 끝까지 아니라고 잡아뗐다. 사회복지사 언니는 줄곧 여자애의 얼굴을 건너다보며 줄담배를 피워대다 돌아갔다.

여자애는 산부인과에 가본 경험이 있는 친구들의 이름을 열심히 떠올렸다. 누구에게 도움을 청할지 막막했다. 그러나 친구들에게 고백했다가는 금세 소문이 날 것 같아 두려웠다. 머릿속은 무겁고 속은 메스껍고 종일 코끝에서 이상한 냄새가 떠나지 않았다.

여자애는 배를 꼭 움켜쥔 채 거의 두 주를 전전긍긍하며 지냈다. 그러다 약국에서 임신 진단 시약을 샀다. 잠이 덜 깬 상태에서 첫 소변을 기다리며 여자애는 후두둑 몸을 떨었다. 그리고 곧 흰 막대기 안에 든 종이에 나타난 선명한 두 개의 선을 확인했다. 여자애는 현기증을 느끼고 주저앉았다.

삼선교에 있는 병원에 갔다. 나이 든 여자 산부인과 의사가 코끝에 걸친 안경을 밀어 올리며 말했다.

"임신인데."

여자애는 멍한 얼굴로 의사를 쳐다봤고 의사가 다시 한 번 강조했다.

"임신이라니깐!"

"알아요."

의사가 뭔가를 말하기 위해 여자애에게 다가오는 순간, 여자애는 진료실 출입문을 박차고 바깥으로 나왔다.

"야 너, 거기 서."

간호사가 뒤통수에다 대고 소리를 질렀지만 여자애는 다시 돌아가지 않았다.

그의 회사가 있는 강남으로 가기 위해 지하철역으로 내려갔다. 전동차가 오고 가는 소음에도 몸 한구석이 베이고 다치는 것처럼 아팠다. 여자애는 귀에 이어폰을 꽂은 채 음악을 들었다. 동전을 넣고 자동판매기에서 생수를 샀다. 순간 어지러워 그 자리에 주저앉았다. 겨우 정신을 차리고 고개를 돌려보니 타야 할 전동차가 이미 출입문을 닫고 떠나는 중이었다.

넓은 커피숍의 의자와 탁자가 하나둘씩 치워지고 공간이 생겼다. 커피숍에 냉기가 돌 때까지 여자애는 남자를 기다렸다. 아무리 기다려도 남자는 오지 않았다.

여자애는 노트북을 열어 자판을 두드리며 뭔가를 쓰기 시작했다. 시간이 지나도 그는 오지 않았다. 뭘 쓰는 것도 싫었다. 여자애는 노트북 가방을 가슴에 안고 거의 세 시간을 혼자 커피숍에 앉아 있었다. 회색 양복을 입고 걸어 들어오는 그의 모습이 보여 벌떡 일어났다. 그러나 그가 아니었다.

막상 그가 저만치서 손을 흔들었을 때 여자애는 남자를 알아보지 못했다. 남자가 다가와 여자애의 한쪽 어깨를 편안하게 짚었을 때에야 입을 열었다.

"아저씨다."

여자애가 너무 표 나게 소리를 질렀는지 그가 주변을 살피면서 약간 애매하게 웃었다.

여자애는 앉은 채 두 손을 흔들었다.

"여긴 아저씨 회사 사람들이 자주 오는 곳이라 널 만나기에 좋지가 않아."

"알아요."

"그리고 내가 조금 후에 회의가 있어서 다시 들어가야 해. 오늘은 편하게 만나기 어렵겠다."

"괜찮아요."

"괜찮겠어?"

"네 괜찮아요."

"무슨 일이 있는 거 같은데. 할 말 있으면 해."

"날씨가 참 좋죠?"

"날씨 얘기는 왜?"

"미안해요."

"또 그 미안하다는 말."

"진짜 미안해서 그래요."

"얘기해. 돈 필요하니?"

"아니, 그런 건 아니에요."

"그럼 뭐 사고 쳤니? 다 얘기하라니까."

여자애는 어떻게 말을 해야 할지 몰라 입술을 물었다.

"잠깐만."

그사이 그는 걸려온 전화를 받으며 계산대 쪽으로 갔다. 여자애는 입술이 마르고 몸이 떨려 아무 말도 할 수 없었다. 그는 전화를 끊은 뒤 차 주문을 했고 쟁반을 들고 자리로 왔다. 하나는 그가 커피를 들고 돌아오자마자 바로 입을 열었다.

"임신했대요."

순간 그는 들고 있던 커피잔을 탁자 위에 놓쳐버렸다. 얼굴은 하얗게 질리고 눈 주변이 붉어지고 두 팔과 어깨를 부들부들 떨었다. 놀란 종업원이 달려와 탁자를 닦고 그의 바지에 튄 커피 자국을 지우느라 법석을 떨었다. 커피숍 안에 있는 사람들이 모두 그와 여자애를 쳐다봤다. 그의 얼굴은 이제 초록색으로 변하는 것 같았고 너무 떨고 있어서 아무 말도 할 수 없었다.

"아저씨, 정말 미안해요."

여자애가 울기 시작했다. 그는 일단 여자애를 데리고 커피숍에서 나왔다. 길거리에 서 있는 모범택시를 타고 반포대교 아래 고수부지로 향했다.

그는 택시 안에서 회사로 전화를 걸었다.

"회의를 한 시간만 늦추자. 갑자기 급한 일이 생겨서. 그래 미안."

강으로 떨어지는 노을을 촬영하는 사람들이 다리 위에 서 있었다. 해가 조금씩 떨어지고 있는 한강을 보며 두 사람은 말없이 서 있었다.

"하나야."

"네."

여자애는 그의 얼굴은 쳐다보지 못한 채 구둣발만 내려다보며 겨우 대답했다.

"내가 어떻게 했으면 좋겠니?"

"모르겠어요. 그냥 보고 싶었어요."

"나도 보고 싶었어."

"무슨 부탁을 하려는 건 아니에요. 사실은 머릿속이 하얘요."

"응 알아."

"임신, 열나게 무서워요."

134

“미안하다.”

“나도 미안해요.”

“병원에 가.”

“병원에 왜요? 알았어요. 갈 거예요.”

여자애는 다시 한강으로 고개를 돌렸다.

“미안해.”

남자의 말에 여자애는 오래도록 고개를 가로저었다. 그리고 남자에게 다가가 가만히 손을 잡았다.

다음 날 아침, 여자애는 남자의 문자 메시지를 받았다.

“통장 확인해. 미안하다.”

여자애는 남자가 입금해준 돈을 현금으로 찾아 들고 다시 그 삼선교의 산부인과로 갔다.

웰컴 투 우리 병원.

누군가 그렇게 말하는 것 같았다.

수술이 끝나고 나서도 계속해서 어지러웠고 약 냄새가 목으로 올라와 고개를 옆으로 한 채 베개 위로 계속 토했다. 팔에 꽂은 링거 병이 바닥에 떨어져 깨지는 꿈을 꾸었다. 링거 병이 깨질 때마다 몸을 떨며 잠에서 깨어나곤 했다.

병원에서 나온 다음 날 아침, 여자애는 제일 먼저 던킨도너츠로 갔다. 달고 고소한 던킨 커피가 그리웠다. 너무 마시고 싶었다. 어른들이 자나 깨나 커피를 입에 달고 사는 이유를 이제야 알 것 같았다. 그런데 주문대 앞에 선 여자애는 아메리카노를 주문하지 않고 에스프레소를 주문했다. 던킨에서 일하는 알바생이 진짜, 마실 수 있겠느냐는 듯 여자애의 얼굴을 봤다. 왠지 더 이상, 커피에 크림이나 설탕 따위는 넣고 싶지 않았다.

이제 나도 인생을 좀 아니까.

쓰고 진한 커피를 한 모금씩 마시며 여자애는 중얼거렸다. 몸 안에 든 검은 덩어리 일부가 조금씩 떨어져 나가는 기분이었다. 여자애는 남자에게 문자 메시지를 보냈다.

"끝났어요."

30분쯤 지나 답장이 왔다.

"괜찮니?"

"괜찮아요."

"좀 있다 전화할게."

"네."

전화는 금세 걸려 오지 않았다. 여자애는 블랙커피를 한 잔 더 마셨다. 여자애는 그 자리에서 고개를 숙인 채 가만히 앉아 있었다. 전화가 다시 왔지만 몇 시간이 흘렀는지 여자애는 알지 못했다.

"괜찮니?"

그가 물었다.

"안 괜찮아요."

여자애가 숨을 몰아쉬며 대답했다.

"몸은 어때?"

"아직 잘 모르겠어요. 그냥 생리하는 것 같아요."

"그렇겠지."

"지워버렸는데 내 몸에 아직 있는 거 같아요."

"그래, 그럴 거야."

"앗, 지금 다시 아파요."

"그렇겠지."

"보고 싶어요."

"그래. 그런데 지금 내가 너무 상황이 안 좋아."

"알아요."

"당장은 움직일 수가 없고."

"그것도 알아요. 아저씨는 매일 상황이 안 좋잖아."

"주말에, 차를 가지고 나갈게."

"어디 가요?"

"응."

"어디?"

"바다 보러 가자."

"좋아요."

"그래 좋을 거야. 가자."

"기다릴게요."

여자애는 주말이 될 때까지 꼼짝 않고 기다렸다. 누구와도 말을 하고 싶지 않았고 눈도 맞추고 싶지 않았다. 밥도 먹기 싫었고 잠도 오지 않았다. 엄마가 보고 싶기는 했지만, 엄마를 찾아가고 싶지는 않았다. 그러나 아무것도 안 먹다가는 죽을 것 같았다.

여자애는 인사동 골목골목을 뒤져 북어를 넣어 끓인 미역국 파는 집을 찾아냈다. 그리고 매일매일 그 식당에 가서 미역국을 사 먹었다. 고해하듯 미역국 그릇에 고개를 푹 처박았다.

주말이 지나도록 그는 여자애에게 전화하지 않았다. 배앓이는 계속됐고 여자애는 계속해서 진통제를 먹었다. 엄마에게 전화를 걸었지만 무뚝뚝하고 짜증 섞인 목소리로 전화를 받았다. 역시 엄마는 아무런 도움이 안 됐다. 뭐든 안 좋은 일을 재빨리 알아차리는 데 단련된 피시방 애들은 역시 매너가 좋았다. 말없이 박카스나 홍삼 드링크 같은 음료를 여자애의 자리에 두고 갔다.

밤에는 모두 시위 행렬을 따라 나가 혼자 있는 날이 많았다. 여자애는 온종일 노트북을 들여다보며 시간을 보냈다. 그와 같이 찍은 사진들을 폴더별로 정리해 차곡차곡 넣어두었고 그와 갔던 식당, 먹었던 음식 메뉴, 나눴던 얘기 들까지 하나하나 다 상세하게 정리했다.

며칠이 가도, 한 주가 다 가도 연락이 오지 않았다. 여자애는 미칠 것 같았다. 온몸이 욱신거리며 아프고 열이 나고 배가 꽈리처럼 부풀어 오르는 것 같았다. 그럴 때는 곧 숨이 끊어질 것처럼 아팠다. 이대로 그냥 며칠이 더 간다면 달려오는 차에

뛰어들어 살아 있는 건지, 죽은 건지 확인해보고 싶어질 것 같았다.

그날은 오랫동안 지속된 도심 시위가 정점을 찍는 날이었다. 여자애는 노트북이 든 배낭을 메고 텔레토비를 안은 채 광화문으로 나갔다. 이른 오후 시간부터 몰려든 사람들이 광장을 다 메우고 있었다. 밤이 되면서 차량 운행은 통제되었고 지하철만 운행되었지만, 사람들은 수단과 방법을 가리지 않고 광화문으로 몰려들었다. 유모차에, 스쿠터에, 자전거에 온갖 탈것을 앞세우고 모여들었다.

밤 9시쯤 되었을 때, 여자애는 광교 쪽 편의점에 들어가 샌드위치 하나를 겨우 사 먹을 수 있었다. 사람이 너무 많아 생수고 라면이고 가게마다 모두 동나버렸다. 그러고 나서 다시 광화문광장 쪽으로 나가려고 할 때 시커먼 물대포 차들이 죽으러 가는 들소들처럼 몰려왔다.

서울광장 쪽의 시위 행렬은 별다른 움직임 없이 느슨해졌지만 경찰은 일사불란하게 움직였다. 얼마 후 경찰은 시위 행렬 사이로 파고들어가 대열을 찢기 시작했다. 서울성공회 성당 쪽에 섰던 사람들이 먼저 무너졌다. 무차별로 물대포를 쏘아대자 힘없는 여자들이 먼저 쓰러졌다. 곳곳에서 마이크로 목이 터질 듯 노래를 불러댔고 물대포가 쏟아지지 않는 쪽의 행렬은 여전히 스마트폰이나 형광 막대기 따위를 흔들며 대열을 흩트리지 않았다. 그나마 물대포를 피할 수 있는 사람들은 힘 있고 과격한 젊은 남자들이었다.

여자애는 그 틈에서 피시방에서 같이 지내는 친구들을 봤다. 경찰에 팔과 다리가 들린 채 잡혀가면서도 키득키득, 천진한 표정으로 웃었다. 물대포는 아무 생각 없이 다만 광장을 비워내려고 무작정 물을 쏟아부었다. 그러자 점점 광장에 공간이 생겼다. 사람들은 화를 냈고 길거리에 있는 쓰레기통을 발로 차거나 자기가 먹던 생수병을 물대포를 향해 던졌다. 그냥 그 정도였다. 빈 물통을 던지는 정도. 그런데 여자애의 눈앞에서 한 남자가 경찰들에게 맞고 있었다. 처음에는 눈을 의심했다. 그러나 여자애는 술에 취해 정신없이 얻어맞는 한 아저씨의 몸을 감싼 채, 우리 아버지가 취해서 그런다고, 때리지 말라고 소리를 질러댔다. 그러나 그렇게 구해준 아저씨는 고맙다는 말은커녕 오히려 화를 내며 여자애에게 쌍욕을 했다.

새벽 2시쯤 되었을 때 여자애는 걸을 수도 없이 피곤해져 바닥에 주저앉았다. 광화문광장을 벗어나 관철동까지 이어지는 짧은 거리를 걷는데도 미칠 것 같았다. 여자애는 입술을 지그시 문 채 어딘가를 바라보다가 전화를 걸었다. 곳곳에서 들리는 북소리, 노랫소리 때문에 상대방의 목소리가 잘 들리지 않았다.

"아저씨, 나야."

여자애는 상대방이 전화를 받았다고 착각하고 말을 했지만,

전화는 연결되지 않은 상태였다. 여자애는 길을 걸어가면서 계속 전화를 걸었다. 다섯 번, 여섯 번, 일곱 번, 열 번. 이십 번쯤. 계속해서 전화를 걸었다. 전화는 연결되지 않았고 여자애는 점점 불안해졌다.

관광공사 건물을 지나 보신각 쪽으로 방향을 틀었을 때 상대방이 전화를 받았다. 아주 차가운 여자 목소리였다. 여자애는 깜짝 놀라 전화를 끊으려고 했다.

"혹시 하나?"

여자애는 선뜻 대답하지 못하고 뜸을 들였다.

"네."

"지난번에 오피스텔에서 우리 잠깐 봤죠?"

"아, 네."

"이 밤중에 무슨 일로?"

갑자기 세상의 모든 소음이 다 사라지고 그 여자가 자기 눈앞에 있는 것 같았다.

"그냥 했어요."

"그렇구나."

"모르는 수학 문제가 있어서요. 삼촌은요?"

여자애는 상대방의 반응을 보느라 순간 긴장했다.

"자요, 지금. 밖인 거 같네?"

"독서실서 공부하다 답답해서 나왔어요."

"전화 왔었다고 전할게."

그리고 전화는 뚝 끊어졌다.

여자애는 피시방까지 걸어갔다. 나쁜 놈이라고 욕을 해주고 싶었다. 온갖 치장을 다한 향수 냄새 나는 최지민과 얼굴을 맞대고 있는 남자의 모습을 상상하는 것만으로도 배가 아팠다. 지그시 이를 무는 순간 주먹만 한 눈물이 뚝뚝 떨어졌다.

피시방 주인은 혼자서 술을 마시며 텔레비전을 보고 있었다. 여자애가 노트북을 내려놓으며 막 앉으려고 할 때였다. 피시방 주인이 술에 취한 채 여자애 쪽으로 걸어오고 있었다.

"하나야."

"네?"

여자애는 남자가 뭐라고 하는지 잘 알아들을 수가 없어서 남자를 빤히 쳐다보고 있었다.

"뭐라고 하셨어요, 사장님?"

그때 남자가 순식간에 하나가 앉아 있는 비좁은 테이블 옆으로 후다닥 몸을 밀고 들어왔다. 하나는 벽에 몸을 붙인 채 몸을 덜덜 떨었다. 그리고 순간 온 힘을 다해 발을 뻗어 앞에 서 있는 남자의 복부를 발로 찼다. 그리고 노트북을 꼭 안은 채 칸막이용 가구에 몸을 부딪히며 거리로 뛰쳐나왔다.

길거리는 물 천지였다.

여자애는 울면서 걸었다. 그가 나타나, 부드럽고 따뜻한 손이 자기 몸을 달랑 안아 어디론가 데려가주기를 바랐다. 그러나 아무리 길을 걸으며 사방을 둘러봐도 그는 없었다. 더는 갈

곳이 없었다. 광화문 쪽에는 여전히 시위 행렬이 남아 있는 듯했다. 여자애는 종각역 물품 보관소로 내려갔다. 노숙자들이 곳곳에 신문지를 펼쳐놓은 채 자고 있었다.

보관함에서 미국 인형을 꺼냈다. 인형의 얼굴에 여자애 손에 묻어 있던 얼룩이 금세 번졌다. 여자애는 인형 두 개를 꼭 안은 채 벽에 무릎을 세우고 기대앉았다.

"울지 말랬지. 무서워하지도 말랬지. 말 안 들으면 엉덩이 때려준다."

여자애는 인형 두 개를 꼭 안았다. 피곤하고 졸렸다. 여자애는 인형을 넣어두었던 쇼핑백 봉투를 꺼내 머리에 뒤집어썼다. 금세 잠이 왔다.

9

일요일 오전. 여자애는 대학로 성균관대 입구의 피시방에 있다가 남자의 전화를 받았다. 갑작스러운 연락이라 당황했지만 비비크림과 립글로스를 바르는 것은 잊지 않았다. 그의 얼굴은 다른 때보다 지치고 늙어 보였다.

"몸은 좀 어떠니?"

"괜찮아요."

"어젯밤에 놀랐지?"

"아뇨."

"기분 나빴지?"

"둘이 사귀는 거 처음부터 알고 있었는데 뭐."

"그런 건 아니고."

"괜찮아요."

"내가 취해서 집에 데려다 준 거야."

"알아요. 그랬겠죠."

"미안해."

"아저씨는 술 마시면 여자가 집에 데려다 줘요?"

"화났구나?"

그가 손을 내밀어 여자애의 볼을 만지려고 했지만 여자애는 얼굴을 피했다.

"기운 없어 보인다."

"기운이 좀 없기는 해요."

여자애는 수저를 들고 아이스크림 와플 접시 위에 낙서를 했다.

"아저씨."

"응?"

"나 아저씨 집에 며칠만 가 있고 싶어요."

그는 잠깐 아무 대답을 안 하고 시선을 피했다.

"몸이 너무 힘들어요."

"알아."

"쉬고 싶어요."

그는 순간 무슨 말인가를 하려다가 입을 다물었다. 그리고 여전히 희고 부드러운 두 손을 맞잡은 채 신중한 태도로 여자 애의 얼굴을 계속해서 쳐다보고 있었다. 여자애가 앉은 옆 의자에 놓인 배낭과 커다란 쇼핑백에 자꾸만 눈이 갔다.

"자고 싶어요."

"그래 알아."

"오래 안 있을게요."

"오래 있어도 괜찮아."

"미안해요."

"미안하기는."

그는 새로 이사한 오피스텔로 여자애를 데려갔다. 주차장에서 내려 뒷좌석에 있는 짐을 옮기는데 쇼핑백 윗부분으로 상체가 반쯤 나와 있는 인형이 보였다. 자기가 사다 준 인형을 보자 머릿속이 무거워지는 느낌을 지울 수 없었다.

여자애는 초록색 벨벳 시트가 깔린 앤티크 침대 위에 엎드려 창으로 비쳐 드는 여름 햇살을 보고 있었다. 고층 빌딩 안의 요새 같은, 전보다 더 크고 환한, 천장도 높고 분위기도 아늑한 오피스텔이었다. 혼자 살기에는 너무 크고 넓다는 느낌을 지울 수 없었고 모든 것이 신기하기만 했다. 여자애는 순간 오피스텔로, 관철동 피시방에 있는 애들이 다 와서 사는 상상을 했다. 성대 앞 피시방에 있는 애들까지 다 와도 공간이 남을 것 같았다. 엄마를 데리고 와서 숨겨놓고 살아도 절대로 빚쟁이들이 찾을 수 없을 것 같았다.

그는 부엌에서 인스턴트 수프를 끓였다. 달착지근하고 고소한 냄새가 났다. 여자애는 감기려는 눈을 감다 뜨다 했다. 그가 수프를 쟁반에 담아서 침대 머리맡으로 와 앉았다.

"자니?"

"안 잤어요."

"일어나 뭘 좀 먹어야지."

"먹여주세요."

여자애는 애교를 떨었지만 둘 다 웃지는 않았다.

"많이 힘들었지?"

"아뇨."

"넌 이렇게 힘든데, 난 그런 줄도 모르고."

"괜찮아."

"괜찮긴."

"오히려 나보다 아저씨가 더 많이 놀란 것 같은데."

그가 수저로 수프를 떠 여자애의 입에 넣어주었다.

"어때?"

"맛있어요."

"있다가 식당 문 열 시간 되면 나가서 먹을 걸 좀 사 올게."

"매운 게 먹고 싶어요."

"알았어."

"이것도 맛있어요."

"일단은 이걸 먹고 좀더 자."

"알았어요."

여자애는 재미있는 얘기를 하고 싶었다. 전처럼 재미있게 얘기를 하고 사랑을 나누고 싶은데 너무 피곤했다. 분명 그도 옆에 같이 누워 여자애의 어깨를 쓰다듬고 있었다. 여자애는 눈을 뜰 때마다 확인했다. 그런데 왠지 앞에 있는 사람의 숨결을 느낄 수가 없었다. 몸은 벨벳 침대 위에 누워 있는데 입으로는 시멘트 냄새가 올라오고 귀에서는 알 수 없는 소리가 윙윙거리며 들려왔다. 여자애는 자다가 자꾸만 눈을 떠 옆자리를 확인했다.

여자애는 소름 끼치도록 역겨운 향수 냄새를 맡고 잠에서 깼다. 최지민이 거실 소파에 앉아 그와 애기를 나누고 있었다. 처음엔 꿈인 줄 알았다. 여자애는 눈을 뜬 상태로 몸은 움직이지 않은 채 두 사람이 하는 애기를 듣고 있었다. 어려운 경제 전문 용어들, 알 수 없는 영어 단어들, 간간이 섞이는 웃음소리, 그리고 뭔가 어색한 상황을 자꾸만 만회해보려는 듯 들렸다 안 들렸다 하는 남자의 웃음소리. 여자애는 최지민의 향수 냄새에 점령당한 오피스텔 안의 공기를 참을 수 없어 입술을 물었다. 그리고 이불을 걷고 갑자기 벌떡 일어났다. 이럴 수도 저럴 수도 없는 상황이지만 뭔가 소요를 일으켜 저쪽의 분위기를 깨버리고 싶었다.

여자애는 자기가 옷을 제대로 입지 않았다는 걸 잘 알고 있었다. 엉덩이 살이 삐져나오는 조금은 작은 듯한 사각팬티와 속에 아무것도 입지 않은 채 남자의 티셔츠만 한 장 걸쳤다는 사실을 잊은 듯, 자연스럽게 침대에서 빠져나왔다. 귀엽게 엉

덩잇짓을 하며 슬리퍼를 끌고 화장실로 들어가면서 그의 옆쪽
으로 다가가 한 손을 흔들었다.

"삼촌, 안녕."

그리고 여자애는 태연하고 자연스럽게 최지민을 향해 인사를
건넸다.

"안녕하세요, 언니."

최지민은 셔츠 바깥으로 봉긋하게 올라온 커다란 가슴선과
탄탄한 근육이 붙은 다리를 휘저으며 걸어가는 여자애로부터
눈을 떼지 못했다. 최지민은 여자애가 화장실에 들어간 뒤에도
계속해서 여자애가 빠져나온 침대만 노려보고 있었다. 분위기
는 이미 악화된 뒤였다.

여자애는 화장실에서 나와 다시 부엌으로 걸어갔다. 똑똑히
보라는 듯 두 다리에 힘을 주고 가슴을 빳빳이 세운 채 수납장
에서 컵을 꺼냈다. 컵이 바닥에 떨어져 박살이 나듯, 두 사람
사이에 금이 가기를 바랐다. 이번엔 다시 냉장고까지 걸어가서
물병을 꺼낸 뒤 최지민에게 자기 몸을 보란 듯이 옆으로 서서
물을 마셨다.

그리고 여자애는 다시 엉덩이를 흔들며 침대 쪽으로 걸어갔
고 그 짧은 순간, 최지민은 이미 사태 파악을 끝낸 듯 갑자기
자리에서 벌떡 일어났다.

"잠깐만 같이 나가."

최지민의 목소리가 순간 탁하게 갈라졌다.

“아픈 사람을 두고 어딜 가. 저 녀석 집에 보내고.”

“당장 나가자니까.”

그가 최지민의 허리를 잡아 밖으로 데리고 나갔다.

같이 나간 사람들은 금세 들어오지 않았다. 여자애는 참혹한 기분이 되었다. 노트북을 펴놓고 앉았다. 뭔가를 하려고 했지만 아무것도 할 수 없었다. 30분쯤 지나 그가 들어왔다. 표정이 좋지 않았다. 삭막하고 불쾌한 바깥바람 냄새가 몸에 닿는 것 같아 여자애는 얼굴을 찌푸렸다.

“갔어요?”

“응, 갔어.”

“아저씨 고생한다.”

“응, 나 요즘 고생 많이 해.”

여자애는 누운 채 푸석해 보이는 듯한 그의 얼굴을 올려다봤다.

“옆에 누워요.”

“그러자.”

“안아줄게요.”

여자애는 눈을 커다랗게 뜨고 천장을 올려다보며 한쪽 팔에 남자를 안았다.

“아저씨.”

“응?”

“이 집은 전보다 더 좋은 것 같아요.”

그는 대답하지 않고 그냥 눈을 감고 있었다.

"회사에서 빌려준 거니까."

"어떤 사람이 되면 회사에서 집을 주고 그래요?"

여자애는 정말 그런 게 궁금했다.

"나 같은 사람."

그는 그렇게 말하고 다시 눈을 감았다.

"아저씨 같은 사람이 어떤 사람인데?"

"그냥 회사원."

"그렇구나."

"난 평생 이런 데서 못 살아볼 것 같아."

침대 옆 콘솔 위에 놓인 그의 휴대전화가 계속 울렸다. 최지민이라는 레터링을 보고 여자애는 주먹을 쥐어 전화기를 한 대 때렸다. 그래도 휴대전화가 계속 울렸고 여자애는 전화기 전원을 아예 꺼버렸다. 남자는 감은 눈을 뜨지 않은 지 오래였다. 여자애는 코를 흠흠거렸다. 이상하게도 침대 머리맡으로부터 역겨운 시멘트 냄새가 계속해서 몰려오고 있었다.

일요일이 가고 월요일이 왔다.

여자애는 왜 그런지 내내 잠만 잤다. 밤 12시쯤 되면 그가 퇴근해 오피스텔로 돌아왔다. 술 냄새가 조금 났고 손에는 초밥과 빈대떡이 든 비닐봉지가 들려 있었다. 여자애는 그가 샤워를 마치고 나올 때까지 기다렸다. 그가 나오면 별말 없이 그의 주위에 앉아 그가 사 온 음식을 먹었다. 어떤 때는 서로 등을 돌리고 앉아 있기도 했다. 식탁 주위를 치우고 나면 그는 이미 소파에 머리를 떨군 채 자고 있었다.

그는 여자애의 머리칼을 쓰다듬는다거나 전처럼 이유도 없이 어깨에 손을 올려놓고 한동안 얼굴을 들여다보거나 하지 않았다. 따뜻하게 대하기는커녕 차갑고 또 차가웠다. 그런 느낌이 들 때마다 가슴이 쑤시고 다리에 힘이 풀렸다. 여자애는 그의 생각을 알고 싶었지만 어떻게 얘기를 시작해야 하는 건지 잘 알 수 없었다.

수요일 밤, 자정 무렵 그가 만두를 사 들고 들어왔다. 만두를 식탁 의자에 놓고는 방에 들어가 옷을 벗은 뒤 아무 말도 하지 않고 다시 화장실로 들어갔다. 물소리가 나고 그는 한참 후에 다시 화장실에서 나왔다. 머리에 수건을 말고 컴퓨터를 켜더니 이메일을 쓰거나 뉴스를 검색하고 또다시 한참 동안 이메일을 썼다. 그러는 동안 그는 한마디도 하지 않았다.

여자애는 아무 말도 하지 않고 침대에 걸터앉아 자기 노트북만 들여다보고 있었다. 커다란 돌멩이가 목을 통해 식도를 찢고 가슴으로 들어가는 것 같았다. 여자애는 스티커 메모장 위에 대고 자판을 두드렸다.

슬픔이 지진처럼 몰려와!

"참 내일, 여기 청소해주는 하우스키퍼가 오는 날이야. 아침 9시부터 두 시간 동안이야. 잠깐 나가 있든지, 그냥 있든지 마음대로 해도 돼."

여자애는 혼자서 하우스키퍼, 하고 발음해보았다. 그는 좀 있다 침대로 가 벽을 보고 누웠고 여자애는 침대에서 일어나 거실 소파로 가 앉았다. 여자애는 고개를 돌린 채 자는 그의 뒷모습을 오래도록 쳐다보았다. 그게 그날 밤 그와 나눈 대화 내용의 다였다.

목요일 아침에도 그는 새벽에 출근했다. 여자애는 남자가 나가는 소리를 듣지 못했다. 거실 소파에서 자다가 눈을 떴을 때 침대부터 확인했다. 그리고 그가 내다 덮어준 담요를 어깨에 두르고 한참을 가만히 앉아 있었다. 거실 테이블 위에 놓인 작은 로봇이 손도 대지 않았는데 바닥으로 떨어졌다.

그때 누군가 문을 열고 들어왔다.

"하우스키퍼인데요. 아, 누가 있네."

앞가르마를 타서 양쪽으로 깨끗하게 붙인 머리를 한 여자가 흰 앞치마를 두른 채, 복도에는 청소에 필요한 이런저런 도구들이 담긴 삼단 트레이 한 덩어리와 함께 도착했다.

"저는 괜찮으니까 들어오셔서 마음대로 청소하세요."

하우스키퍼는 나비처럼 날아갈 듯한 복장을 한 채 머리를 숙여 인사를 했다. 그러거나 말거나 여자애는 책상 앞에 가 앉아 노트북을 펼쳤다. 먼저 진공청소기가 들어와 오피스텔 곳곳의 먼지를 빨아들였다. 가구 뒤쪽, 아래쪽, 심지어 소파와 침대 아래까지. 신기한 모양의 다양한 도구를 장착할 수 있어 아무

곳에나 다 침투할 수 있는 이상한 청소기였다. 그다음에는 스팀 청소기가 들어와 칙칙 소리를 내며 오피스텔 곳곳의 먼지를 닦았다. 금세 오피스텔은 습지처럼 눅눅해졌다. 그다음엔 손걸레가 들어와 가구며 책상 위를 깨끗이 닦았다. 그다음엔 모든 휴지통이 일제히 비워졌다. 그다음엔 욕실이 치워졌다. 그다음엔 수건이며 비누며 필요한 물건들이 채워졌다. 그리고 향기 나는 공기 청정제를 뿌리는 게 맨 마지막 단계였다. 여자애는 카메라를 가지고 왔다. 복도에 서서 전기 코드를 뽑아 사용한 모든 기계를 다시 한 덩어리로 만들고 있는 흰옷 입은 여자를 보고 서 있었다.

"커피 한잔 드릴까요?"

여자애는 막 의자에 와 앉는 여자에게 그렇게 말했다.

"좋지요. 영광입니다."

여자는 두 손을 허벅지 위에 동그랗게 올린 채 활짝 웃으며 포즈를 취해주었다. 웃는 얼굴이 동그랗고 광채가 나는 나쁘지 않은 인상이었다.

"정말 집 안이 깨끗해졌어요. 어떻게 일을 이렇게 깨끗하게 잘하세요?"

"아휴 고마워라."

조금 전까지 잔뜩 긴장해 있던 하우스키퍼의 표정이 조금씩 풀어졌다. 커피 마시는 속도가 몹시 빨랐다. 이내 커피를 다 마시고 두 다리를 소파 위에 올려놓고 종아리를 두드렸다. 흰 양말을 신은 여자의 두 다리는 이상하리만치 가늘고 길었다.

"아줌마는 어떻게 이런 일을 하시게 됐어요?"

순간 여자는 머리에 쓴 모자를 벗기 위해 .실핀을 먼저 뺐다. 모자를 탁자 위에 내려놓고는 착 가라앉은 머리카락을 손가락을 이용해 신경질적으로 일으켜 세웠다.

"내가 어떻게 이런 일을 하게 됐냐 하면……"

그러면서 여자는 이번에는 유니폼 상의의 단추를 하나씩 풀기 시작했다.

"이긴 진짜 비밀인데 학생만 알고 있어야 해. 내가 결혼을 했는데 우리 시아버지가 너무 이상한 사람이어서 내가 죽였어. 그리고 얼마 안 있다 우리 남편이 비실비실하더니 죽었고. 사실은 남편도 내가 죽였어. 호호호 무섭지? 그리고 난 이렇게 어깨가 빠지게 청소만 한다. 재밌지?"

"와, 아줌마 농담도 잘하시네."

"농담 아닌데."

어느새 여자는 편하게 말을 놓았다.

"나 잠깐 담배 좀 피울게. 방향제 뿌리고 가면 냄새 안 나."

여자는 트레이 한구석에서 담배와 라이터 그리고 휴대용 재떨이를 꺼내더니 담배에 불을 붙였다. 담배를 빨아들인 뒤 여자가 말했다.

"좋다!"

여자애는 자기도 모르게 담배 냄새를 흠흠거렸다.

"너, 월남전이라고 들어봤니? 우리 남편은 거기 갔던 사람이야. 키는 작았지만 다부진 체구여서 옛날에는 멋있었지. 난 나보다 키가 작은 남자가 좋거든. 그런데 어느 날 눈이 멀었어. 아침에 눈만 뜨면 전쟁 얘기를 시작해서 밤이 될 때까지 지껄이더라. 어찌나 듣기 싫은지. 전쟁 얘기 듣기 싫어 내가 죽였어. 하하."

"아줌마 완전 뻥쟁이시네. 이렇게 깨끗하고 예뻐 보이는데."

"무슨 개소리."

"진짜 깨끗하고 예뻐 보여요."

"남의 허드렛일만 하는데. 넌 이게 깨끗해 보이니? 난 흰색만 봐도 구역질이 난다! 이제 흰색이라면 울렁증이 난다니까. 난 흰색 옷은 절대 안 입어."

"이제부터 제 꿈은 아줌마 같은 하우스키퍼가 되는 거."

"너 돌았구나. 어린 것의 꿈이 겨우 나처럼 되는 거? 하하."

여자애는 깨끗하게 청소하고 난 오피스텔 내부를 천천히 돌아다녔다. 괜히 수납장 서랍을 열어보기도 하고 영어 원서들이 빼곡한 책장의 책을 한 권씩 꺼내보기도 했다. 그와 같이 들어갔던 작은 벽장 같던 옷장은 이 오피스텔에는 없었다. 옷장 안에는 그의 속옷조차도 검은색, 흰색, 회색의 세 가지 색깔로 가지런히 정리되어 차곡차곡 쌓여 있었다. 가방, 옷, 넥타이, 손수건까지 모두 깨끗하게 정리되어 있어 어디 하나 흐트러진 곳이 없었다. 여자애는 갑자기 짜증이 났다.

인스턴트 커피를 마시고 물을 마시고 또 커피를 마셨다. 창을 열었다 닫았다 화장실에 들락날락, 텔레비전을 켰다가 껐다가, 뭘 해도 집중이 되지 않았다. 여자애는 노트북을 펼치고 자판을 가만히 내려다봤다. 왼쪽 손목 부근으로 눈물이 한 방울 떨어졌다. 여자애는 소리를 내어 울고 싶었지만 그러기는 싫었다.

그는 새벽 2시경에 돌아왔다. 술 냄새가 났고 손에는 술집에서 사 온 깃 같은 오뎅이 들려 있었다. 머리길은 더 길어 보였고 셔츠 옷매무새도 흐트러져 보였다. 여자애는 양복도 못 벗고 누운 그의 옷과 양말을 벗겼다.

그는 금세 잠이 들어버렸다. 여자애는 배 위에 손을 얹은 채 잠이 든 그를 물끄러미 내려다봤다. 꼭 죽은 사람 얼굴처럼 눈자위가 파랗게 물들어 보였다. 여자애는 화장실에 들어가 물을 받아다가 무릎을 세우고 그의 발을 닦아주기 시작했다. 그 흔한 각질도 무좀도 없고 상처 하나 없이 희고 깨끗한 발이었다. 여자애는 그의 발이라도 만지고 싶었다. 흰 수건 위에 발을 내려놓고 거칠게 닦으면 잠이 깰까 물기가 저절로 마르기를 기다렸다. 물을 버리고 온 뒤, 여자애는 두 손으로 그의 발을 주무르기 시작했다. 뭘 해도 그는 깨어나지 않았고 점점 더 깊은 잠으로 빠져드는 것 같아 보였다.

새벽녘에 잠에서 깬 그는 주방으로 가 물을 마셨다. 이불도

덮지 않고 거실 소파에 누워 자는 여자애를 보고 한참 동안 그
자리에 가만히 서 있었다. 탁자 위에는 국물까지 비운 오뎅 그
릇이 포장해 온 갈색 가방에 달라붙은 채 놓여 있었다. 탑 위
로 드러난 여자애의 어깨가 차가웠다. 그는 담요를 가져와 여
자애의 몸을 덮어주었다. 그러고는 반대편 소파에 앉아 물끄러
미 여자애를 쳐다봤다. 술에 엉망으로 취하기 전까지는, 누군
가 담배에 불을 붙여 입에 물려주기 전에는 절대로 담배를 피
우지 않는 게 그의 원칙이었다. 그는 어디에 두었는지조차 기
억나지 않는 담뱃갑을 찾아 온 수납장을 다 뒤졌다. 담배는 겨
우 찾았지만 라이터는 없었다. 그는 가스레인지를 켜고 담배에
불을 붙인 뒤 창 쪽으로 가 버티컬을 열고 창문을 밀었다. 순
간 뜨거운 공기가 밀려들어 왔고 남자는 탁자 위에 놓인 보라
색 노트북을 쳐다봤다.

　여자애의 노트북은 꺼지지 않은 상태였다. 그는 Esc 키를 누
르려고 무심코 화면을 들여다봤다. 파일 두 개가 열려 있었다.
하나는 무슨 창작 동화 같은 얘기가 적혀 있었는데 그가 보기
엔 그냥 여고생들이 좋아하는 엽기 동화 같은 글이었다. 여학
생들 몇 명이 욕설을 지껄이며 악의 무리를 응징하는, 조금은
황당한 얘기였다. 중간에 만화 같은 액션 장면도 들어가 있었
다. 트럭 하나를 훔쳐 나쁜 남자들 몇 명을 데리고 숲 속으로
가서 옷을 다 벗긴 다음, 온갖 수치와 모욕을 느끼게 해주는
장면에서 그는 웃기까지 했다.

그리고 또 하나는 일기였다. 그는 여자애가 기록해놓은 일기를 맨 위에서부터 읽어 내려갔다. 월별로 폴더가 하나씩 정리되어 있었다. 여자애가 글을 곧잘 쓴다는 걸 금방 알 수 있었다. 읽어 내려가면 갈수록 여자애가 쓴 글에 집중하게 됐다. 그 파일엔 자기와 만난 첫날부터 하우스키퍼가 온 오늘까지 그와 있었던, 그와 했던 일, 그와의 대화가 기록되어 있었다. 남자는 자기 자신이 멋지고 착하고 세상에서 제일 훌륭한 남자로 표현되어 있다는 게 이상하리만치 낯설었다.

구석구석 뒤져볼 생각은 없었는데, 정리해둔 사진 파일도 열어보았다. 날짜와 공간까지 표기해 여러 폴더로 상세하게 나뉘어 정리되어 있었다. 어떤 건 그냥 거리 사진이었다. 또 어떤 사진은 그냥 쇼윈도에 있는 마네킹을 찍은 것이었다. 친구들을 찍은 사진이 제일 많았고 인형이나 노트, 스티커 따위를 찍은 사진도 있었다. 중요한 건 정작 여자애의 얼굴이 나온 사진은 잘 보이지 않는다는 사실이었다.

DS라고 적힌 폴더를 열었다. 온통 그와 관련된 사진들이었다. 전에 살던 오피스텔 내부에서부터, 같이 갔던 장소를 찍은 사진들이 빼곡하게 들어 있었다. 그 폴더에서만 여자애의 모습이 많이 보였다. 그는 여자애가 찍은 사진이 좋았다. 자신의 얼굴이 그 사진 속에서는 아주 달라 보였다. 서른 중반을 넘기며 언제부터인가 거울을 쳐다보기 싫었는데 그 감정에 대한 보상을 받는 느낌이었다. 훨씬 생기 있어 보였고 훨씬 어려 보였고 훨씬 섹시해 보였다.

그는 눈을 돌려 소파에 누워 있는 여자애를 한참 동안 쳐다봤다. 왠지 여자애에게서는 늘 술 몇 잔 마신 것 같은 냄새가 났다. 처음 만나 오피스텔에서 눈을 떴던 그날 아침 느꼈던 감정이 처음처럼 되살아났다. 도무지 어떤 인간인지 알 수 없는, 여자애에게서 느꼈던 불쾌한 감정이 다시 고개를 들었다. 그는 여자애가 두려웠다. 그러면서도 미안했다. 그는 자기도 모르게 여자애의 이름을 불렀다.

“하나야.”

“넹?”

여자애는 마치 눈만 감고 있었던 사람처럼 순간 상체를 벌떡 일으켜 앉았다. 자다가 어떻게 그렇게 빨리 일어나 앉을 수 있는지 그는 깜짝 놀랐다.

“왜 그렇게 빨리 일어나. 천천히 일어나.”

“그냥 습관이 돼서.”

“침대로 가.”

“네.”

“몸도 안 좋은데 여기서 이렇게 자면 어떡하니.”

“알았어요.”

여자애는 그의 손에 이끌려 침대로 갔다. 그는 여자애의 상체를 안아주었고 머리칼을 쓰다듬었다. 여자애는 그의 가슴에 얼굴을 묻고 있다가 문득 고개를 들고 말했다.

"이제 나 싫어요?"

여자애의 눈이 동그랗게 커졌고 금세라도 눈가가 흔들릴 것
같았다. 그는 창 쪽으로 시선을 돌렸다. 창밖에서 후두두 빗방
울 떨어지는 소리가 들리는 것 같았다. 여자애가 말했다.

"새벽에 비 온다더니 정말 비 오네."

"그랬어?"

"네 그랬어요."

"난 일기예보 못 들었어."

"일기예부두 못 들고. 아직 힌들어요?"

"음, 조금."

"힘들게 해서 미안해요."

"왜? 넌 날 힘들게 안 해."

"내가 힘들게 하잖아요."

"넌 나보다 더 힘든데."

"정말 죄송해요, 아저씨."

"바보. 죄송하다는 표현은 좀."

"아저씨."

"응."

"나 부탁이 있어요."

"뭐?"

"이메일로 편지 한 번만 써주세요."

"왜?"

"힘들 때 열어보면 좋을 거 같아요. 아저씨 바빠서 만나기도 어려운데."

"뭐라고 써?"

"보고 싶다! 사랑한다! 예쁘다! 세상에서 제일 예쁘다! 귀엽다! 뭐 그런 말. 좋은 건 모두 다."

"내가 이메일 한 번도 안 썼나?"

"응, 안 썼어."

"알았어. 내일 당장 써줄게."

"정말이죠?"

"정말이지 바보야."

"고마워요."

"그런데 넌 고맙다, 미안하다 그런 말을 너무 자주 해."

"나 정말 고맙고 미안해서 그러는 건데."

"그러지 마."

"아저씨한테 정말 미안해요."

"그러지 마."

"내가 갑자기 아저씨 인생에 끼어들었잖아요."

"그렇지 않아."

"그렇지 않기는."

"아니라니까."

"그런데 내가 보기에 넌 이상한 얘기를 잘 만드는 재주가 있는 거 같더라."

“뭐야, 아저씨 내 컴퓨터 열어봤어요?”

“열려 있어서.”

“아 너무해. 내가 쓴 걸 보다니.”

“그런데 거기 나오는 그 나쁜 놈들은 누구야?”

“있어요.”

“누구를 모델로 쓴 거야?”

“아주 나쁜 놈들이에요. 말할 수 없이 나쁜 놈들.”

“누구냐고?”

“은갈치색 양복만 입고 다니는 갈치 같은, 아주 나쁜 갈치 족속들이야.”

여자애는 주먹을 불끈 쥐었다.

“무슨 바다 나라에서 왔어?”

“하하. 그건 아니고.”

“그럼 뭐야?”

“그런데 진짜 나 글 잘 써요?”

“응 재미있어.”

“어떻게 재미있어요?”

“그냥 재미있어.”

“옛날에 학교 선생님이 나한테 글 잘 쓴다고 했어요.”

“진짜?”

“그냥 시시껄렁한 얘기 하나 써서 냈는데. 애들 앞에서 읽어 보라고 해서 읽었더니. 아, 신석기시대 얘기지만.”

"그랬구나. 다시 학교도 가야지."

"우리라고 꼭 갈 데가 학교밖에 없는 줄 아세요? 거기 아니어도 갈 데 많아요."

"그래도 학교는 가야 해."

"왜요?"

"그냥 그래. 너 바보지? 그런 것도 모르니?"

그가 여자애의 머리를 천천히 쓰다듬었다.

"내가 나중에 아저씨랑 연애했던 거 진짜 잘 써서 책으로 낼게. 나 같은 찌질한 애들이 모이는 블로그도 만들었는데. 집 나온 여자애들이 모두 모이는 사이트지. 다들 좋아해. 아저씨들도 좋아해. 내가 뭘 써서 올리면 개떼같이 몰려들어. 외롭다면서."

"그래도 제발 내 얘기는 쓰지 마."

"알았어요. 그런데 책이 나오면 아저씨한테 사인해서 한 권 줄게요."

"그때도 날 만나줘."

"그럼요."

열린 창틈으로 빗방울 떨어지는 소리가 점점 더 커졌다. 태풍이 오는지 버티컬이 흔들리며 창틀을 세차게 때렸다. 여자애는 눈을 크게 뜨고 그의 손을 깍지 껴 잡으며 물었다.

"아저씨 그런데, 사랑하면, 왜 자꾸 슬퍼지죠?"

"자꾸 하면 나중엔 슬프지도 않겠지."

“나중에? 언제?”

“더 크면, 아직 어려서 그래.”

“아저씨는 슬프지도 않고 하나도 안 힘들어요?”

“나도 힘들어.”

“난 너무 힘들어요.”

“뭐가 제일 힘드니?”

“숨쉬기가.”

“조금만 기다려.”

“뭘요?”

“네가 그렇게 힘들어하면 나도 힘들어.”

“그러지 마요.”

“아저씨가 너 편하게 살 수 있게 해줄게.”

“어떻게?”

“그건 나도 잘 모르겠지만 어쨌든.”

“알았어요. 어쨌든.”

“지금 힘든 거 좀 지나고.”

“아, 언제?”

“아저씨가 지금은 정신이 하나도 없어. 바보 같아서 일도 제대로 못하고 이런 식이면 곧 회사에서 잘릴지도 몰라.”

“진짜?”

“응.”

“아저씨같이 똑똑한 사람을 잘라요?”

“나 안 똑똑해.”

“아냐, 똑똑해. 착하고.”

“고마워.”

“얼마나 착한데.”

“진짜니?”

“그럼요.”

“고맙다.”

“그런데 아저씨가 나한테 그럴 것까지는 없어요. 내가 무슨 아저씨 가족도 아니고.”

“네가 편하게 지내야 내 마음도 편하지.”

“고마워요.”

“또 그런 말 한다. 절대 그런 말 하지 마.”

“알았어요.”

“아저씨, 그런데 나도 여기 하우스키퍼로 취직하면 안 될까?”

“무슨 소리야?”

“좋은 직업인 것 같아요. 남의 집에 마음대로 들어가보고. 주인이 없는 집에 들어가서 마음껏 구경하고, 뭐 하는 사람일까 상상하고.”

“그런 건 직업이 아니야.”

“왜 아냐?”

“그런 건 정식 직업이 아니고 돈 때문에 잠깐씩 하는 거야.”

"그렇구나."

"나도 미국에서 공부할 때 호텔 청소해봤어."

"정말? 이렇게 잘생긴 사람이?"

"사람은 평생 자기가 정말 좋아해서 하는 일을 한 가지씩 찾아야 하는 거야."

"그걸 못 찾으면?"

"나처럼 그냥 회사에 다니는 거지."

"그렇구나. 하우스키퍼가 어때서? 난 그거 할 거야. 소개해주세요."

그는 여자애의 머리를 톡톡 때렸다. 버티컬이 한바탕 몸을 둥글게 부딪치고는 창틀을 세게 때린 뒤 다시 창문에 찰싹 달라붙었다. 여자애의 얼굴이 깊고 깊은 바다 색깔처럼 푸른색으로 보였다. 그는 침대에서 일어나 창으로 다가가 창밖을 한 번 내다본 뒤 창문을 닫고 버티컬을 내렸다. 실내는 조금 전보다 약간 어두워졌고 빗소리는 약하게 들려왔다. 여자애는 일어나 앉은 채 셔츠를 벗었다. 그가 침대를 향해 걸어오고 있었다. 여자애는 복잡한 눈빛으로 그의 얼굴을 뚫어져라 쳐다봤다. 여자애는 그의 흰 낯빛을 올려다보며 손을 뻗어 입술을 끌어당겼고 그는 어린 연인의 팔과 어깨를 당겨 가슴에 안았다. 모든 게 평화로웠다.

10

　여자애는 길 건너편 서울역 역사로 걸어 들어갔다. 건물 초입에 있는 던킨도너츠에 들어가 커피를 주문했다. 이 시간이면 일하고 있는, 얼굴이 눈에 익은 아르바이트생의 머리 색깔이 녹색으로 바뀌어 있는 게 신기했다. 돈 벌어 머리 염색에 다 쓰겠군! 여자애는 입술을 실룩거리며 도넛 한 개와 커피 한 잔을 받아들고 의자에 앉았다. 여자애는 많은 사람이 커다란 가방을 들거나 끌고 좌우로 휙휙 지나가는 모습을 보면서 중얼거렸다. 커피는 쓰고 신맛이 났다.
　여자애는 백화점 입구에 늘어놓은 화장품 판매대를 서성거리다가 서점으로 들어갔다. 서점에서 책을 구경하는 동안에도 계속해서 휴대전화를 확인했다. 만화책도 보고 소설책도 보고 패션 잡지도 봤다. 강남역의 서점처럼 인형을 파는 코너도 없었고 사람들이 앉아 책을 볼 수 있는 의자도 없는 조금은 삭막한 서점이었지만 여자애는 서점을 뱅글뱅글 돌았다.

문구 코너로 가 묵직한 무지 노트 한 권을 사고, 연필 판매대에서 형광펜을 고른 뒤 휴대전화에 붙일 스티커도 샀다. 손톱에 붙이는 스티커와 인형을 덮어줄 손 담요도 샀다. 돈이 얼마 남지 않았지만 작은 봉지에 든 그 물건들만으로도 여자애는 신이 났다.

다시 서울역으로 들어간 여자애는 사람들이 오기는 실내 광장의 소파에 앉았다. 새로 산 노트를 펴놓고 쓰다 만 이야기를 다시 쓰기 시작했다. 전 세계에 흩어져 있는 클럽 아이들이 공동으로 정한 상징 문양의 모양새를 먼저 묘사했다. 그게 왜 달모양과 커다란 나뭇잎 두 개가 모여 한 덩어리를 이루게 되었는가를 썼다. 먼저 미국, 영국, 인도, 중국, 파키스탄, 러시아, 보스니아 등등 자기가 아는 나라 이름을 다 적었다. 그리고 그 나라에 딱 한 명씩 있는 펌프킨 클럽 회원 아이들이 어떻게 해서 같은 문양을 정하게 되었는지를 써야만 했다.

원래 펌프킨 클럽이라는 이름은 신문 기사에서 따온 거였다. 국적을 알 수 없는 한 여자애가 보라색 공단 원피스를 입고 검은 에나멜 구두를 신은 채 한 도시의 중앙역에 서 있었다. 처음에 그 여자애는 사람들 눈에 잘 띄지 않았지만 로비가 한산해지면서 비로소 사람들 눈에 보였다. 여자애는 갑자기 곰 인형의 뱃살을 이로 꽉 깨문 채 그 자리에 주저앉아버렸다. 평평한 바닥 위에 고여 있는 망고주스 색깔의 오줌을 다른 사람에게 보여주고 싶지 않았던 것이다. 경찰국의 형사가 신원을 알 수 없는 아시아계 여자아이를 번쩍 들어 올리고 물었다. "너 어디서 왔니?" 여자애에 대해 알 수 있는 건 없었다. 여자애가 입고 있는 원피스도, 구두도, 머리띠도 펌프킨 클럽 회사 제조품이라는 것밖에는.

흔한 인터넷 채팅 같은 게 나와서도 안 되고 전화가 등장해서도 안 되는 거였다. 오로지 영감에만 의지해서 우주를 통해 교신하는 방법을 써야만 했다. 처음에는 각자 나라에 흩어져 사는 클럽 아이들의 평범한 일상을 잔잔하게 써내려갔다. 부모들과 밥을 먹고 목욕을 하고 학교에 가고 하는 평범한 일상이 먼저 나와야 했다. 그럼에도 숨길 수 없는 클럽 아이들만이 가진 각자의 개성을 한껏 뽐내도록 재미있는 사건들을 만들어주고 싶었다. 그러다가 어느 날, 똑같은 아침이 아닌, 똑같은 오후가 아닌 특별한 시간이 찾아오게 해야만 했다. 여자애는 고개를 갸우뚱거리기도 하고 연필을 돌리기도 하면서 골똘히 이야기 속으로 빠져들었다.

시침과 분침 들이 다 제각각인 시계가 잔뜩 걸린 벽을 보다가 여자애는 잠깐 졸았다. 뉴욕, 워싱턴이 아니라 모스크바와 파리라고 표시된 시계가 역사 한복판에서 째깍거리며 돌아가고 있었다. 여자애는 잠깐 생각했다. 아, 기차로 모스크바까지 갈

수 있는 거구나. 파리도 갈 수 있고. 우리나라에서 갈 수 있는 곳이 이렇게 많다니. 아, 신 난다. 여자애는 소리라도 지르고 싶었다.

지하철 안에서도 머릿속으로는 내내 뭔가를 썼다. 지하철에 탄 사람들 얼굴을 쳐다보면서, 그들이 하는 짓을 쳐다보면서 내내 뭔가를 썼다. 전혀 모르는 사람들인데, 그들의 얼굴을 보고 있으면 왠지 더 이야기가 잘 떠올랐다.

피시방으로 돌아가기 전 여자애는 종각역 보관함에 들렀다. 그러고는 보관함 안에 든 짐을 다 꺼내 화인했다. 왠지 그러고 싶었다. 인형들과 하룻밤 같이 자고 싶었다. 인형을 손 담요로 잘 싸서 안고 다른 짐들도 모두 양쪽 어깨에 멨다. 그리고 천천히 피시방 쪽으로 걸어 올라갔다.

여자애는 밤새 노트에 적어놓은 메모를 보면서 뭔가를 썼다. 날이 밝고 아침이 왔다. 여자애는 텔레토비 인형을 안고 쪽의자에 누워 자고 있었다. 그때 경찰 두 사람이 피시방으로 들어와 자는 여자애를 내려다봤다. 여자애가 잠깐 몸을 뒤척이는 사이 텔레토비 인형이 특유의 소리를 냈다. 경찰은 여자애의 짐을 뒤지기 시작했지만, 여자애는 아무 소리도 듣지 못했다. 여자애는 꿈속에서 전 세계에 흩어져 있던 클럽 아이들이 한 장소에서 만나는 날이 이틀 정도밖에 남지 않아 이것저것 준비할 것이 많다며, 온 우주를 헤매고 다니고 있었다. 뽀 혼자 약하디약한 소리로 비명을 질렀다.

며칠이 또 지났다. 태풍은 흔적도 없이 사라지고 도심은 다시 더위로 들끓었다. 종로구청을 지나 미국대사관 쪽으로 가고 있을 때 여자애의 휴대전화에 처음 보는 전화번호가 떴다. 여자애는 옷소매로 액정을 닦은 뒤 전화를 받았다.

"나, 최지민인데."

여자애는 걸음을 멈췄다.

"네, 언니."

절대로 흥분해서는 안 된다고 생각하면서도 두 다리가 자기도 모르게 떨리고 있었다.

"지금 어디야?"

"광화문이에요."

"혹시 나 좀 만날 수 있니?"

"무슨 일인데요?"

"만나서 맛있는 거 먹을까 해서."

"저랑요?"

"응, 너랑."

"어디서요?"

"광화문은 좀 그렇고, 명동으로 올래? 나도 지금 명동까지 움직이는 건 괜찮을 거 같은데."

"네."

여자애는 5호선 광화문역 안으로 걸어 내려가면서 다시 바같으로 나오고 싶은 걸 억지로 참았다. 만나고 싶지 않은데 어떻해야 할지 알 수 없었다. 평일인데도 벌써 경찰들이 지하철 역 입구를 막고 서 있었다. 광화문역에서 내려 시위 현장으로 가는 사람들이 꾸역꾸역 역사 밖으로 몰려가고 있었다. 여자애는 동대문운동장역까지 가서 다시 명동역으로 가는 지하철을 바꿔 타고 나서야 도망가는 것을 포기했다.

명동역은 광화문보다 사람이 더 많은 것 같았다. 일본인 관광객이 많아 어디나 일본말 안내문이 붙어 있었다. 여자애가 명동역에 내린 지 5분 정도 지났을 때 다시 최지민의 전화가 왔다. 두 사람은 곧 명동 입구의 의류쇼핑센터 빌딩 앞에서 만났다.

"잘 있었어?"

"네."

음악 소리가 너무 시끄러워서 무슨 말을 하는지 목소리도 잘 안 들렸다.

"덥지?"

"괜찮아요."

"뭐 먹을까? 뭘 좋아해?"

잘 알지도 못하는 사람이 이렇게 친근한 척 접근할 때는 이상한 일이 일어난다는 걸 여자애는 잘 알고 있었다. 두 사람은 뚜벅뚜벅 명동 안으로 걸어 들어갔다. 여자애는 태연한 척 길거리에서 파는 물건들을 들여다보기도 하고 쇼윈도에 걸린 옷들을 쳐다봤다. 그러나 어떡하든 빨리 도망치고 싶었다.

"내가 옷 좀 사줄까?"

"아뇨."

"그러지 말고 사자."

"저 옷 많아요."

여자애는 거의 최지민의 팔에 이끌리다시피 해 옷가게로 끌려 들어갔다. 여름이 코앞이라 알록달록한 샌들, 민소매 탑, 미니스커트가 매장을 꽉 채우고 있었다. 같은 서울 하늘 아래서, 바로 옆 동네에서는 매일 시위가 벌어지고 또 여기서는 이렇게 사람들이 태연하게 쇼핑을 한다는 게 이상했다.

"뭐든 골라봐."

"괜찮은데."

"언니가 사줄게."

환한 형광등 불빛 아래서 옷을 고르는 최지민의 뒷모습을 살펴본 여자애는 몸을 돌렸다. 화장이며 옷차림이며 다 최고급인 것 같은 그녀의 외모에 주눅이 들어서였다.

마침 바다에 가자고 했던 남자의 말이 떠올랐다. 여자애는 가능하면 최고로 야한 옷으로 고르고 싶었다. 그래서 도트 프린트가 된 민소매 탑과 검은색 미니스커트를 골랐다. 최지민은 굳이 입어보라고 했지만, 여자애는 잘 맞을 거라며 입어보지 않았다.

거리는 복사열에 휩싸여 점점 더워졌고 사람들은 모두 무엇인가에 들린 듯 주홍색 조명 속으로 빠르게 걸어가는 중이었다.

"우리 뭐 먹을까?"

"네."

"하나 좋아하는 거 없니?"

"아무거나 괜찮아요, 저는."

"그래도 말해봐."

"진짜 괜찮은데."

"좋아하는 거 있을 거 아니니."

"그냥 언니가 아는 데 가시면, 저는 상관없어요."

"그래, 그럼 우리 롯데백화점 식당가로 가자."

"네."

"거기가 좋을 거 같아. 조용하기도 하고."

"네."

무리 지어 돌아다니는 일본 관광객들을 인솔하는 작은 깃발들이 여기저기서 눈에 띄었다. 골목으로 들어가 유네스코 건물이 있는 쪽을 지났다. 여자애는 언젠가 엄마와 같이 명동에 왔던 때를 떠올렸다. 여자애는 그날을 선명하게 기억했다. 둘이서 신이 나게 구경만 하고 아무것도 사지 않은 채 그냥 집으로 돌아갔었다. 그날 순댓국을 먹었다는 게 갑자기 기억났다. 여자애는 중국대사관 쪽 길을 가리키며 말했다.

"저기, 저기 보이는 순댓국집 가고 싶어요."

여자애는 솔직하게 말해버렸고 최지민은 좋은지 나쁜지 알 수 없는 표정으로 발걸음을 옮겼다. 2년 전이었는지 3년 전이었는지 정확하지는 않았다. 하지만 그 순댓국집이 거기 그대로 있는 게 이상했다. 출입문을 여는 순간부터 막걸리 냄새에 쿰쿰한 곰팡내까지 났다. 그렇다고 견딜 수 없을 정도는 아니었다.

"이런 델 좋아하는지 몰랐네."

"마음에 안 드시면 딴 데 가요."

"괜찮아 난."

전혀 괜찮은 얼굴이 아니었다. 여자애는 식당 아주머니가 집게로 집어 날라온 뚝배기를 내려다보며 자꾸만 최지민 눈치를 봤다. 그러나 함께 나온 다진 고추와 양파 그리고 깍두기 국물이 몹시도 시원해 보여 침이 꼴깍꼴깍 넘어갔다.

"미안하지만, 소주 한 병만 시켜주실래요?"

최지민은 눈가에 힘을 주며 여자애를 쳐다봤다.

"사이다나 뭐 음료수로 하면 안 될까?"

"아뇨. 소주요."

"그래도 넌 아직 학생인데."

"상관없어요."

"그래 그럼."

소주가 나오고 여자애는 말없이 뜨거운 순댓국 국물을 떠먹었다. 최지민은 입고 있던 재킷을 벗어 의자에 걸쳤다. 재킷을 벗자 영어로 이름이 적힌 목걸이 명찰이 보였고 최지민은 그걸 벗어 핸드백에 넣었다. 최지민은 여자애에게 소주를 따라주었다. 여자애는 단숨에 소주잔을 비워버렸다.

"술 잘하네."

"잘하긴요."

"잘하는데."

"소주 못 마시면 대한민국 사람 아니죠."

"그러니?"

"네, 한잔 드실래요?"

"그래 좋아. 그런데 너 몇 살이야?"

"고2요."

"굉장히 성숙해 보인다. 고등학생 같지 않아."

여자애는 소주잔 끝을 입에 살짝 댔다가 떼는 최지민의 입가를 쳐다봤다. 여자애는 또 상상하기 시작했다. 클럽 아이들은 자신들의 상징인 붉은 나뭇잎 문양을 손에 들고 있다. 그런데 한 여자아이가 그걸 들고 있다가 실수로 놓쳐버렸다. 아, 어쩌지. 클럽 아이들을 어떻게 알아보나. 저 여자는 아저씨와 섹스할 때 어떤 표정을 지을까. 하우스키퍼의 말처럼, 멀쩡한 속옷들은 왜 입다 버리는 걸까. 지금 직접 물어볼까.

"동석 씨도 소주 좋아하는데."

여자애는 순간 남자의 이름이 튀어나와 소스라치게 놀랐다.

"아, 네."

"요즘 안 만났니?"

"네. 그때 언니 오셨던 날 보고, 좀 됐어요."

"요즘 회사 사정이 안 좋아서 굉장히 힘들어. 회사 옮기자마자 상황이 안 좋아서 죽을 맛일 거야."

"네."

"저녁엔 거의 밥도 안 먹고 소주만 마시는 것 같아."

"네."

여자애는 또 소주를 한 잔 마시고 점차 검은색으로 변하는 순댓국 국물을 떠먹었다. 앞에 앉은 여자는 적이 분명한데 머릿속은 온통 딴생각뿐이어서 적에게 집중할 수가 없었다.

"언니는 몇 살이세요? 아, 이런 거 물어보면 안 되는 거죠?"

"아냐. 나 나이 많아."

"왜 결혼 안 하세요? 삼촌이랑."

여자애가 최지민의 눈을 보며 물었다. 최지민은 잠깐 뜸을 들이더니 웃으며 대답했다.

"하겠지, 언젠가는."

"언니는 삼촌이 왜 좋아요?"

"글쎄 왜 좋을까."

여자애는 자신과 최지민이 양쪽 끝에 서 있고 남자가 가운데 서 있는 그림을 떠올렸다. 셋이 함께 손을 잡고 있어서 관계를 파악하기 어려운 그림.

"내 친구들이 그러는데 나랑 어울린대."

"뭐가요?"

"이것저것 다. 분위기, 배경, 취향, 외모 등등."

"그러네요."

여자애는 순간, 전혀 어울리지 않는다고, 전혀 아니라고 소리치고 싶었다.

"혹시 뭐 다른 것 좀 시켜줄까? 순대 좀 먹을래?"

옆에 앉은 나이 든 아저씨들이 김이 펄펄 나는 순대를 먹고 있었다.

"네."

잠시 후에 찹쌀순대 한 접시가 왔고 여자애가 젓가락을 들고 있는 사이 최지민은 휴대전화를 꺼내 전화를 걸었다.

"나야, 지금 하나랑 같이 있어. 누구냐니? 지기 조가, 하나 말이야. 내가 저녁 먹자고 했거든. 잠깐 있어, 바꿔줄게."

여자애는 순간 정신이 번쩍 들었다. 최지민이 전화기를 넘겨줬다. 그의 목소리가 들리자마자 어깨에 힘이 풀렸다. 상대방도 긴장한 것 같아서 별 의미 없는 말들만 계속해대고 있었다.

"언니 바꿔줄게요."

여자애가 전화를 넘기려고 하자 그가 다급하게 말했다.

"아무 얘기도 하지 마. 가능하면 빨리 헤어져."

"네, 알았어요."

여자애는 최지민에게 전화기를 넘겨줬다. 최지민은 집에 들어가 다시 통화하자고 말하고는 전화를 끊었다. 여자애는 이제는 정말 더 앉아 있기가 어려웠다. 전화해도 받지도 않고, 전화 통화하기가 하늘의 별 따기였는데 최지민은 저토록 쉽게 통화가 된다는 게 믿어지지 않았다. 여자애는 조금씩 화가 나려고 했다.

"저, 왜 보자고 하셨어요?"

여자애가 묻자 최지민은 순댓국 그릇을 약간 옆으로 밀고는 두 손으로 턱을 괴고 여자애를 쳐다봤다.

"밥 먹어."

"저 밥 다 먹었는데."

"아, 그래. 바쁘니?"

"네 좀."

"어디 가야 하니?"

"아뇨. 공부해야 해서."

"그럼 어디 가서 차 한잔 마실까? 여기는 얘기를 하기에는 좀."

"좋을 대로 하세요."

여자애는 계산하러 나가는 최지민의 등 뒤에서 두 눈을 질끈 감았다. 울고 싶은 지경이었다. 끈질기게 놓아주지 않는 최지민의 의도를 파악하고도 남았지만, 미련하게 행동하고 싶지 않았다. 그와 만나는 여자였고, 아무것도 말하지 말라는 그의 말이 귀에 꽂혀, 더 말을 섞고 싶지가 않았다. 그러면서도 최지민이 알고 싶은 게 뭘까, 아니 어디까지 알고 있는 걸까, 궁금해서 미칠 것 같았다.

두 사람은 중국대사관 앞길을 걸어 다시 번화가로 나왔다. 나란히 서서 걷는 건 아니었다. 오히려 여자애의 발걸음이 조

금 앞서 있었다. 쿵쾅거리는 시끄러운 음악 소리가 옷가게를
밀치고 쇼윈도 밖으로 뛰쳐나오려고 했다.

여자애는 저 앞쪽에서 무리 지어 걸어 내려오고 있는 진짜 여
고생들을 봤다. 매일 앉아 공부만 해서 몸이 퍼질 대로 퍼지고
대략 비슷하게 생긴 여고생들이 휴대전화를 들여다보며 왁자지
껄하게 걸어 내려오고 있었다. 여자애는 자기 어깨를 스쳐 지나
가는 진짜 여고생들의 살냄새를 음미할 뿐이었다. 그립고 정겨
운, 지방이 잔뜩 붙은 여고생들의 살냄새에 취한 순간이었다.

"야, 이하나."

여자애는 순간 몸이 굳어버리는 것 같았다.

"너 이하나 맞지?"

여자애는 순간적으로 몸을 휙 돌렸다. 둥글넓적한 얼굴을 한
기집애 중 하나가 중학교 때 평생을 함께하자고 맹세했던 같은
고등학교 혈맹 중의 한 명이었다.

"미친년, 학교도 그만둬버리고……"

얼굴이 큰 친구는 목소리조차 커서 명동에 있는 모든 사람이
여자애의 비밀을 다 알아버릴 지경이었다. 여자애는 뒤에 서
있는 최지민을 돌아볼 엄두가 나지 않아 얼굴 큰 친구를 골목
으로 끌고 갔다. 전화번호를 알려주고 간단하게 다른 친구들
소식을 묻고 하는 사이, 최지민은 멀지 않은 곳에 선 채 계속
해서 여자애를 노려보고 있었다.

친구를 보내고 다시 최지민 옆으로 갔다. 상황은 이상하게

돌아갔다. 최지민은 팔짱을 낀 채, 독이 오를 대로 오른 뱀처럼 여자애를 할퀼 자세로 서 있었다.

"너 뭐야? 너 뭐야? 너 뭐냐고?"

"뭐가 뭐예요?"

"말해. 너 동석 씨 조카 맞아?"

"뭘 말해요? 나 집에 가고 싶어요."

"집? 너희 집 어디야? 너 동석 씨 조카 맞느냐구?"

"맞아요. 집은 알아서 뭐하게요."

"나랑 같이 가."

"싫어요."

여자애는 자기 입을 통해 앞쪽 이마 위로 술술 올라오는, 자기가 마신 소주 냄새를 맡고 있었다. 이 상황을 돌파할 힘도, 도망칠 자신도 없었다. 그때 최지민이 거칠게 여자애의 한쪽 팔을 당겼다. 하나는 공격만이 최선의 방어라고 생각했다.

"그래, 나 집 없어."

"허, 이제 사실대로 말하는군."

"그래서 당신이 날 어쩔 건데. 왜 내가 당신한테 내가 사는 집을 알려줘야 하는데?"

"내가 너 이럴 줄 알았어. 너 뭐야? 너 얼마 받고 그 짓거리 하고 다녀?"

"얼마 받든, 내 마음이거든."

"이럴 줄 알았어. 정말 이상했다니까."

작은 골목이었지만, 지나가던 사람들은 길거리에서 소리를
지르고 있는 여자들을 번갈아 쳐다보며 입을 가린 채 수군거렸
다. 얼굴 위로 길거리의 수많은 불빛이 다 엉겨 붙는 것 같은
느낌이었다. 분을 참지 못해 머리통에 달린 눈동자가 다 타버
릴 지경이 된 최지민은 결국 폭발했다.

"너 따라와."

최지민이 여자애의 팔목을 잡아끌었다. 순간 여자애는 온 힘
을 다해 최지민을 밀쳤다. 최지민은 옷가게 앞 쓰레기통 옆에
비스듬히 나둥그라졌다.

"그래, 나 아저씨 애인이야. 너만 애인인 줄 알았니?"

"뭐?"

"나 그 사람 애인이라니까. 그래서 네가 날 어쩔 건데?"

"애인이라니, 어린년이 돈 받고 몸 파는 것도 애인이니?"

순간 최지민이 벌떡 일어나 다가와 하나의 어깨를 세게 밀
쳤다.

이번엔 하나가 땅바닥에 고꾸라졌다. 하나는 금세 다시 몸을
일으켜 최지민에게 다가가 멱살을 쥔 채 얼굴을 바짝 대고 말
했다.

"그래. 나 돈 받고 했어. 돈 받고 한 아저씨 애인이야."

최지민은 잠깐 멈칫하더니 다시 하나에게 다가와 상체를 밀
쳤다. 하나가 먼저 물었다.

"나한테 왜 이러는 거야?"

"너야말로 나한테 왜 이러는데?"

최지민이 하나의 어깨를 다시 한 번 밀쳤고 하나 또한 가만
히 있지 않았다. 하나는 있는 힘을 다해 최지민을 밀었다. 최
지민은 하나에게 밀려 상체가 휘어지며 무릎부터 바닥에 대고
바닥에 나동그라졌다. 하마터면 옷가게 앞 문턱에 머리를 찧을
뻔했다. 하나는 쐐기를 박고 싶었다. 최지민에게 가까이 다가
가 쭈그려 앉았다.

"언니, 잘 들으세요. 그 사람은 내가 첫사랑이래."

"사랑, 사랑이라고 했니 지금?"

"그래 사랑이라고 했다. 어쩔 건데?"

최지민은 길바닥에 다리를 뻗고 소리를 지를 힘도 없이 널브
러졌다. 등을 굽힌 채 거친 숨을 몰아쉬는 최지민을 향해 여자
애가 말했다.

"너희가 그렇게 잘났냐? 니들이 그렇게 잘났어?"

여자애의 목소리가 명동에서 하늘로 점프를 했다. 여자애는
뛰기 시작했다. 누구에게도 잡히고 싶지 않아 가능한 한 빨리
뛰었다. 명동 지하도를 건너 롯데백화점 측면을 따라 조선호텔
앞길로 걸어갔다. 작은 양복점들이 줄지어 선 횡단보도 앞에서
신호를 기다려 프라자호텔 쪽으로 길을 건넜다.

광장에는 아직도 사람들이 남아 있었다. 여자애는 운집한 사
람들 뒤쪽으로 가 섰다. 끊임없이 눈물이 흐르고 있어서 아무
것도 보이지 않았다. 여자애는 자꾸만 뒤를 돌아봤다. 아직도

손끝에 최지민의 몸에서 나던 향수 냄새, 부드러운 실크 같던 그녀 몸의 촉감이 남아 있었다. 다 찢어버리고, 다 짓이겨버리고 싶었다. 여자애는 광장을 돌아보며 울었다.

11

8월의 태풍은 예상치 못한 일이었다. 더위로 들끓던 도심은 한순간에 축축한 늪지대로 변해버렸다. 여자애는 피시방에 앉아 있다가 사회복지사 언니의 전화를 받았다. 평소처럼 차분한 목소리였지만 떨고 있는 걸 숨길 수는 없었다.

"하나야, 너 어디니?"

"삼선교 쪽요."

"뭐 하고 있니?"

"피시방에 있어요."

"그래?"

"네."

"지금 종로경찰서로 좀 올래? 안국역 6번 출구."

"왜요? 무슨 일 있어요?"

여자애는 순간 온몸을 부들부들 떨었다.

"왜요? 빨리 말해주세요. 무슨 일 생긴 거죠?"

"아직은 잘 몰라."

"그런데 왜요?"

"몰라, 아직은. 경찰서에서 널 좀 조사해야겠대."

"왜요?"

"S가 아무리 가출한 애라고 해도 부모가 가만히 있겠니? 경찰이 빨리 찾겠다고 난리들이야. 나도 모르겠디, 갑지기 왜 닌리들인지."

사회복지사가 기침을 해댔다. 머리 위로 담배 냄새가 풀풀 나는 것만 같아 하나는 인상을 찌푸렸다.

여자애는 경찰서로 가기 전에 지하철 보관소로 뛰어갔다. 한 발짝씩 뗄 때마다 쿵쾅거리는 발바닥의 무게가 머리로 그대로 전해졌다. 모든 물건을 차례차례 보관함 안에 꼭 채워 넣고 배낭만 들었다. 미국 인형의 볼을 만져주고 텔레토비와 인사하게 하는 것도 잊지 않았다. 그때 잘못해 뽀의 배를 눌렀고 '뽀오' 하는 소리가 들렸다. 여자애는 미쳐버릴 것 같은 기분이 되어 소리가 나지 않을 때까지 텔레토비를 안고 있었다. 힘을 주어 안을수록 소리는 더 커졌다.

"언니 올 때까지 꼼짝 말고 기다리고 있어. 울지 말고. 금방 올 테니까. 빨리 안 오더라도 걱정하지 마. 언니가 와서 꺼내

줄 거야.”

여자애는 열쇠를 주머니 속 깊이 넣고 보관함을 향해 손을 흔들었다. 몸을 돌리다 퇴근길을 서두르는 사람들과 가슴을 부딪쳤고 터질 것처럼 아팠다. 여자애는 괜히 욕을 하고 싶었고 눈자위는 이미 뜨겁게 부풀어 눈물이 쏟아져 나올 것만 같았다.

종로경찰서 앞에 도착했을 때 사회복지사가 벤치에 나와 앉아 담배를 피우고 있었다.

“놀랐지?”

“아뇨.”

“놀랄 거 없어.”

“네.”

“널 처벌하거나 그러지는 않을 거고.”

“알아요.”

“그런 건 내가 온몸으로 막아줄게. 걱정하지 말고 그날 있었던 일을 물어볼 거야. 가능하면, 자세히, 아주 자세히만 얘기하면 되는 거야. 알았지?”

“네 걱정하지 마세요.”

경찰서에는 S의 부모들과 은갈치색 양복이 먼저 와 있었다. S의 아버지인 듯싶은 사람이 경찰과 얘기 중이었다. S와 똑같이 생긴 S의 엄마는 눈물을 흘리다 분통이 터진다는 듯 여러 차례 가슴을 쳤다. 여자애는 은갈치색 양복을 향해 어색하게 눈인사를 했지만 전혀 모르는 얼굴처럼 낯설었다.

에어컨과 선풍기가 동시에 돌아갔다. 습기 때문에 더 덥고 후줄근해졌다. 가끔 책상 위의 서류들이 미친 듯이 떨렸다. 실내 공기는 숨이 턱턱 막혔다. 윗배가 불룩 나온 건장한 체구의 경찰들이 큰 소리로 떠들며 경찰서 안을 왔다 갔다 하고 있었다. 은갈치색 양복은 얼굴이 사색이 된 채 두 다리를 달달 떨었다. 여자애와 잠깐씩 눈이 마주치면 눈살을 잔뜩 찌푸리며 인상을 구겼다.

"너 이리 와봐."

검은 테 안경을 쓴 경찰이 여자애를 불렀다. 여자애는 경찰 앞에 가서 앉았다.

"너 일단 부모님부터 오시라고 해. 전화번호는?"

"아버지는 오래전에 행방불명됐고 엄마는 지금 어디에 있는지 몰라요."

"형제는?"

"없어요."

"이거 어디서 많이 듣던 얘기다. 부모 형제 다 돌아가시고 어린 소녀인 저 혼자서 살아가느라 얼마나 힘든지 아십니까."

"진짠데."

"빨리 전화해, 인마."

"제가 말한 게 다 맞아요."

"지금 우리가 너희 데리고 씨름할 형편이 아니야."

사회복지사는 저만치 뒤에 서서 팔짱을 낀 채 돌아가는 상황을 지켜보고 있었다.

"진짠데."

여자애는 경찰의 눈을 쳐다보며 말했다.

"이봐, 당신이 만난 여자애가 얘 맞아?"

경찰이 은갈치색 양복에게 물었다. 잔뜩 긴장한 얼굴이었다.

"맞는 거 같아요."

"맞는 거 같다니? 똑바로 얘기해, 똑바로."

"맞아요. 그런데 여자애들은 밤에 보는 거랑 낮에 보는 게 아주 달라서 잘 모르겠어요. 너 그때 그 여자애 맞지?"

은갈치색 양복이 여자애에게 물었다.

"이 사람이 지금 똥오줌 못 가리고 뭔 소리를 하는 거야? 당신 눈에 얘가 여자로 보여? 얘 주민등록증도 없어. 미성년자라고."

"있다고 했는데. 있다고 했어요."

은갈치색 양복이 악을 썼다.

"정신 나갔구먼."

"너, 그날 있었던 일, 나한테 자세히, 똑바로 얘기해."

여자애는 그날 있었던 일을 얘기하기 시작했다. 입으로는 그날 있었던 일을 얘기하는 게 맞았다. 동시에 생활고와 그렇게 하지 않으면 살아갈 수 없었던 절박함도 섞어가며, 어릴 때 집안이 이상하게 망가져버린 얘기까지 넣고. 간간이 목이 막히는 듯, 기침도 해가며 아주 천천히 경찰을 향해 자기에게 있었던 일을 남의 얘기하듯 전달했다. 하지만 사실 머릿속은 노트북에 쓰다 만 이야기로 가득 차 있었다. 전 세계에 흩어져 있는 펌프킨 클럽 아이들이 드디어 한 장소에서 만나는 감격스러운 장면을 써야 했기 때문이다.

"그런데 너 왜 피시방을 옮겼어?"

"한군데만 있으면 지루해요."

"우리가 너를 조사하면 거짓말하는 거 다 나오니까 사실대로 말해라."

여자애는 그 말을 듣는 순간 겁이 덜컥 났다.

"이봐, 거기 이쪽으로 오세요."

은갈치색 양복이 경찰 앞에 나와 앉아 말하기 시작했다. 심심풀이로 시작된 일이고 성인 남성이면 누구나 한 번쯤은 다 어린애들과 만나 그런 일을 하고 싶어 한다. 얘기의 요점은 그거였다.

"그래서 애들 데리고 장난치는 거야? 쟤 꼬락서니 좀 봐. 집 나와 길거리에서 사는 애들이 오죽해서 그러겠어. 어쨌든 각오해요."

경찰이 차분하게 말했다.

여자애는 저쪽 테이블에 앉아 짜장면을 먹고 있는 어깨가 넓고 튼튼하게 생긴 다른 경찰을 뚫어져라 쳐다보고 있었다. 무슨 일이 생길 것 같은 불안감 때문에 견딜 수가 없었다. 앞에 앉아 짜장면을 먹는 경찰이 모든 것을 다 알고 있는 것만 같았

다. 그 경찰서 안에 있는 모든 사람이 강동석이라는 사람과의
관계를 다 알고 있는 것 같아 이가 떨렸다. 여자애가 고개를
숙인 채 나오려고 할 때 지금껏 말 없던 S의 엄마가 여자애를
향해 한마디 던졌다.

"남의 집 지지배들도 다 같이 잡아넣어야 해. 우리 집 지지
배도 마찬가지야. 찾으면 일단 잡아넣어야 해. 어디 지지배들
이 겁 없이 남자들을 따라 여관방에 들어가, 들어가길. 내가
진짜 기가 막혀서. 아이고 더러워. 작년에 먹은 것까지 배 속
에서 다 기어 올라오네."

경찰서 밖으로 나왔을 때 사회복지사가 여자애의 어깨 위에
손을 올린 채 가볍게 쓰다듬어주었다.

"언니 미안해요."

"무슨 소리니?"

"언니도 힘든데."

"무슨 소리야?"

"미안해요. 정말. 신경 쓰게 해서."

"난 뚱뚱해서 힘든 거지 너희 때문에 힘든 건 아냐."

"언니 하나도 안 뚱뚱해요."

"뚱뚱해. 그런데 너 이제 몸은 괜찮니?"

"네. 괜찮아요."

"항상 조심해야 한다."

"네."

"정말 너희를 어떻게 해야 좋을지 모르겠다."

사회복지사 언니가 담배를 피워 물었다. 여자애는 그 입에서 나온 담배 연기가 무거운 여름 하늘로 퍼져 올라가는 걸 가만히 보고 있었다.

"언니, 나도 담배 피워볼까?"

"아서라."

"언니 담배 피우는 모습이 시원해 보여요."

"시원하기는, 좋을 거 하나도 없어."

"그런데 왜 피워요?"

"살이 하도 쪄서 피우는 건데, 살도 안 빠지고 피부만 나빠지고 담뱃값은 또 왜 이렇게 비싸다니."

"그렇구나."

"하나야, 그런데 도대체 어떻게 된 걸까?"

"뭐가요?"

"사라졌어."

"그러니까요."

"완전히 사라져버렸어."

"그만해요. 그런 얘기 무서워요."

"얼른 가. 피곤하겠다. 너랑 같이 있어야 하는데 하필 언니가 오늘 거의 10년 만에 소개팅을 한단다."

"아, 축하. 갈게요."

"전화할게."

"네."

여자애는 사회복지사가 무거운 가죽 가방을 어깨에 멘 채 뒤뚱뒤뚱 걸어가는 뒷모습을 우두커니 지켜보고 서 있었다. 사회복지사가 들고 다니는 가방은 사계절 내내 늘 똑같은 것이었다. 내가 이다음에 커서 돈을 벌면 언니에게 꼭 멋진 선물을 하겠어. 여자애는 입을 꼭 다물고 결심하듯 머리를 흔들었다.

검정 양복도, S도, 서울에서 완전히 사라져버렸다. 여자애는 지하철을 타고 가면서 생각했다. 생각하려고 하지 않아도 저절로 전동차 앞 검은 창에 그림이 떠올랐다.

검정 양복과 S는 의자에 앉아 있었다. 그들은 첫눈에 사랑에 빠졌다. 두 사람은 어느 섬으로 도망쳤다. S는 임신을 해서 전보다 더 뚱뚱해졌다. 검정 양복은 실실 웃으면서 S가 가장 좋아하는 과자 프링글스를 입속에 넣어주고 있었다. S는 만족스럽게 웃었다. S는 곧 검정 양복의 아들을 낳겠다고 다짐했다. 그 아들도 똑같이 검정 양복을 입고 세 사람은 먼 섬으로 배를 타고 떠날 거라고 떠들었다. 검정 양복은 계속해서 S의 입속에 짜디짠 프링글스를 밀어 넣었다. 그들의 아이 이름은 '소금'이었다.

여자애는 상상해놓고도 유치해서 자꾸 웃었다. 그러나 유치한 상상을 하지 않으면 견딜 수가 없었다. 혹시 이 일로 아저씨에게 피해를 주면 어쩌나 전전긍긍하고 있었다. 여자애는 불안해서 견딜 수가 없었다.

그건 꿈이 아니었다. S와 그녀의 부모, 은갈치색 양복과 여자애가 건물 지하의 길고 긴 복도 중간에 서 있었다. S의 엄마가 한쪽 벽에 뺨을 붙이고 울었다. 은갈치색 양복은 온몸을 사시나무 떨듯 떨었고 여자애는 텔레토비를 꼭 안은 채 경찰들이 들어간 방 쪽만 쳐다봤다.

여자애는 마른 장작처럼 몸이 굳어버린 S의 시신 위에 한쪽 손을 어정쩡하게 올렸다. 그것도 아주 짧은 순간만 그렇게 하도록 허락됐다. 검정 양복을 만난 날 입은 옷 그대로였다. 무릎을 반쯤 굽힌 채 스테인리스 선반 위에 누운 S는, 바로 그 S였다. 죽은 지 오래되었다고 했고 뭘 먹은 흔적도 없다고 했다. S는 평소처럼 겁이 나 떨고 있는 얼굴이나 속없이 웃고 있는 얼굴이 아니었다. 그냥, 평온해 보였다. 검정 양복과 둘이서 밤 산책이라도 한 걸까. 왜 S가 한강변의 숲에 엎드려 죽어 있었는지, 여자애는 짐작할 수 없었다. 조깅을 하는 사람들조차 잘 볼 수 없는 낮고 후미진 숲 한가운데였다. 불쌍한 S는 얼마나 무서웠을까. 여자애는 S의 죽은 몸을 오래 보고 싶었다.

S의 엄마가 차가운 바닥에 쓰러져버리고, S의 아버지가 그 옆에 앉아 담배를 피웠다. 길고 좁은 복도 위로 담배 연기가 퍼져 나가고 S의 아버지의 좁고 마른 어깨가 들썩거리기 시작했다.

조금 있다 두터운 문이 열리며 경찰들이 나왔다. 여자애는 흔들리는 문틈 사이로 S를 보려고 했으나 흰 벽과 문이 달린 갈색 수납장만 보였다.

"이거 떼죽음 나게 생겼네."

경찰 한 사람이 나와 누워 있는 S의 엄마 눈을 까뒤집어보고 바로 구급차를 불렀다.

여자애와 은갈치색 양복은 경찰차에 타고 종로경찰서로 갔다. 그리고 거기서 묻는 질문에 대답을 했다. 검정 양복은 유부남이었다. 게다가 애가 둘이나 있고, 구로동에 있는 IT 회사에 다닌다고 했다. 여자애는 지칠 대로 지쳐서 책상에 엎어져 있었고 은갈치색 양복은 얼굴이 새까맣게 탄 채 아직도 부들부들 떨고 있었다.

금세 밤이 되었고 경찰서 책상 위로 부는 에어컨 바람이 차가웠다. 여자애는 울었다. 화가 나고 서러웠다. S와 끝까지 함께해주지 못했다는 사실이, 겁이 많은 S를 도와주지 못했다는 게 견디기 어려웠다. 여자애는 머리를 숙인 채 상체를 후드득 떨며 얕은 잠에 빠져들었다. 한참 후 누군가의 손길을 느꼈을 때 여자애는 머리를 들고 몸을 일으켰다.

"아저씨."

그러나 그건 그가 아니었고 경찰이었다.

"이하나, 너 진짜 말 안 할래? 네가 조금만 더 신경을 썼어도 검정 양복 잡았잖아. 그날 밤을 넘기지 말았어야지."

여자애는 머리통을 감싸 안았다. 눈의 실핏줄이 다 터져버릴 것 같았다.

"아저씨도 집에 검정 양복 있지 않아요? 검정 양복 누구나 다 있잖아요. 그럼 아저씨도 범인이잖아. 검정 양복 있는 아저씨는 다 범인 아닌가? 검정 양복 있는 사람 다 잡아와요. 다 잡아오라구요."

"얘가 미쳤나. 정신 똑바로 차려."

"아저씨가 지금 날 비난하잖아요. 난 죄가 없다고요. 나도 그 시간에 딴 방에서 저 아저씨랑 열나게 하고 있었어요."

"알아, 안다고."

"근데 왜 자꾸 나한테 뭐라고 해요."

여자애는 두 다리를 바닥에 비비적거리며 큰 소리로 울기 시작했다.

사회복지사가 뛰어 들어왔다. 여자애는 자기도 모르게 사회복지사의 팔을 잡고 거친 숨을 몰아쉬기 시작했다.

"언니, 내가 그 새끼랑 했어야 하는 거였어. 그랬음, 그랬음 저 병신 같은 년은 안 죽었어. 내가 갔으면 내가 그 새끼를 죽였을 텐데. 내가. 내가 말이야."

"나가서 뭘 좀 먹자."

"먹긴요, 지금 뭘 먹어요."

"나가자."

거리는 어두워진 뒤였다. 사회복지사는 거리로 나오자마자 담배를 피워 물었고 여자애는 벤치에 앉아 고개를 숙인 채 땅만 내려다봤다.

"가서 밥이라도 먹자."

사회복지사가 여자애를 일으켜 세운 뒤 팔짱을 꼈다.

조계사 뒷골목의 밥집은 벌써 모여든 저녁 식사 손님들로 북적거렸다. 여자애와 사회복지사는 좁은 탁자를 사이에 두고 앉았다. 된장찌개가 나왔지만 두 사람 다 밥은 먹지 못했고 사회복지사는 막걸리 한 병을 시켰다.

"언니, 힘들게 해서 미안해요."

여자애는 겨우 목소리를 내어 말했다.

"저도 한 잔 줘요."

사회복지사는 옆 테이블을 한번 보고는 여자애의 술잔을 채웠다. 둘 다 말이 없이, 앞에 있는 막걸리 잔만 내려다봤다. 여자애는 주머니 속에 손을 넣은 채 전화기만 만지작거렸고 사회복지사는 안주도 먹지 않고 막걸리만 마셨다. 사람들이 들고 나고, 골목이 깜깜해지고, 어느새 탁자 위의 막걸리 병은 다섯 개째로 불어나 있었다. 사회복지사는 계속해서 담배를 피웠고 여자애는 여전히 막걸리 잔을 내려다보며 훌쩍거리고 있었다.

다음 날 새벽, 여자애는 눈을 뜨고도 몸을 일으키지 못했다. 방은 사방이 책으로 둘러싸여 있었고 책장의 반쯤은 빨래 건조대가 가리고 있었다. 커튼도 없는 방 창 너머에서 골목의 소음이 들려왔다. 눈을 감으면 S의 몸뚱이가 보였다. 지난밤 식당의 어지러운 천장이 보였고 눈을 뜨면 문짝도 없는 수납장에 아무렇게나 넣어둔 사회복지사의 옷들이 보였다.

　방이 달랑 하나에 세탁기가 거지반을 차지하는 화장실이 있고 싱크대가 놓인 좁은 거실이 있는 집이었다. 복도와 화장실에는 창이 없었다. 밤처럼 어두운 집. 여자애는 주인도 없는 집 안방에 가만히 누워 밖으로 나갈 생각을 안 했다. 누워 있는 자세를 옆으로 바꾸는 것도 힘이 들었다. 방 바깥에서 들려오는 소음에 아랑곳하지 않고 여자애는 언제까지고 가만히 누워 있었다. 슬픔이 온몸으로 차올라 옴짝달싹도 못할 지경이었다. 양쪽 귀로 흘러 들어가는 눈물은 흐르게, 가만히 내버려두었다.

12

어느새 8월 말로 접어들었다. 지독한 더위가 연일 계속됐다. 시위는 주중에는 뜸하다가 시골의 오일장처럼, 주말이 되면 다시 열렸다. 더위보다, 시위보다 더 지독한 건 경제 상황이었다.

유로 위기의 파장이 유럽 전체의 부도 위기 상황으로 연계될 조짐을 보였다. 어 스페인, 하는 사이 이탈리아가 도산 위기를 맞았다. 미국의 금융 위기를 아무도 예측하지 못했다는 사실은 더 충격적이었다. 유럽식 경제 정책 도입을 주장하던 오바마도 주춤하고 있었다. 오바마가 부자들의 주머니에서 돈을 빼내 올 수 있으리란 기대는 사라졌다. 오바마도 어쩔 수 없는 일이었다.

미국 경제 전문가들은 1930년대 대공황에 견주어 위기 상황을 설명했다. 경제 전문가, 투자자들이 다투어 위기론을 내세웠다. 투자나 호황 따위의 단어들은 죽은 말들이었다. 아침마다 사내 메신저, 주간지, 인터넷 뉴스, 일간지에 요즘 같은 때는 수익을 올리기는커녕 생존하는 것만이 중요하다는 말이 유행가처럼, 끊임없이 리플레이되었다.

경제 상황이 조금 낫다고 하는 개발도상국들, 신흥 시장도 마찬가지였다. 서울은 매일 아침마다 도산하는 기업이 속출했다. 멀쩡하던 알짜 기업이 하루아침에 부실기업으로 판명 나 쓰러져버렸다. 연일 폭락하는 주식시장도 말이 아니었다. 엎친 데 덮친 격으로 안정감 있던 국내 유수의 대기업이 편법을 써 주식을 거래했다는 의혹이 사실도 드러나고, 한국이란 나라의 대외 신뢰도 자체가 땅에 떨어졌다.

그는 거의 초주검이 되어 본사 호출에, 출장에, 대책 회의에 몸도 정신도 온전할 날이 없었다. 숙면은 고사하고 끊었던 담배까지 다시 피우게 됐다. 아무도 앞일이 어떻게 될 거라고 예측할 수 없는 상황이었다. 멍하니 모니터를 쳐다보고 있으면 대재앙의 그림자가 온몸을 감싸는 게 느껴졌다. 눈에 훤히 보였다. 재고, 손해, 도산, 책임, 파멸……

그제야 그는 지금까지 자신이 해온 행동이 세상을 위한 선이 아니라 악일 수도 있다는, 어느 노 투자가의 말을 떠올렸다.

무한 경쟁의 상황에서 사람들은 행동하지 않으면 후회하기 때문에 악이든 선이든, 어떤 행동이라도 한다. 사실 세상의 많

은 악은 별 의도 없이 행해진다. 그러므로 자신도 악을 행한,
악을 조장한 사람일 수 있다……

그에게 즐거움이 있다면 자정 무렵 회사에서 나와 강남역 주
변의 포장마차에서 소주 한두 병과 달콤한 낙지볶음, 질긴 돼
지껍데기구이를 마주하고 보내는 시간뿐이었다. 안초비의 맛,
알리오올리오의 맛, 시큼하고 강한 와인 맛을 잊은 지 오래였
다. 그도 이제 여느 서울 사람들과 똑같은 음식을 먹고 똑같은
술을 마셨다.

가끔 강남역 교보타워 사거리 주변의 골목을 걷다 보면 여자
애와 똑같이 생긴 여고생들을 보기도 했다. 실제로 여자애와
갔던 그 스티커사진 가게 앞을 지나가기도 했다. 조작이 어려
워 보였던 그 기계는 아직도 뚱하니 그 자리에 있었다. 여자애
를 생각하기는 했지만, 욕망이 생겨, 욕망을 따라 몸이 움직일
정도는 아니었다. 겨우 그 정도였다. 가슴이 떨릴 여유도 없었
고 체력도 바닥이었다. 편안하게 지내게 해주겠다던 여자애와
의 약속은 잊지 않았지만, 지금으로서는 그 약속을 지키기 어
려웠다. 그는 여자애에게 연락하지 못했다. 아니, 거의 잊고
지냈다고 하는 편이 맞았다.

최지민을 만났다. 최지민은 마실 차를 주문하기도 전에, 싸
움닭처럼 덤벼들었다.

"결혼을 전제로 사귀는 줄 알았는데 그게 아니었네. 언제부
터 어린애를 오피스텔로 끌어들였어? 도무지 조카 같지도 않

고 느낌이 이상했어. 조카랑 같은 침대에서 나오다니. 당신 미친 거 아냐?"

대낮에, 공공장소에서 듣기에는 민망한 얘기였다. 최지민의 얼굴은 붉게 달아올라 있었고 눈동자는 저 먼 곳을 응시하는 듯했다.

"지금 굉장히 황당하네."

그가 최지민의 말을 받았다.

"차도 안 나왔는데, 차 한잔하자고 해놓고."

"내가 지금 차 마시게 생겼어?"

"나한테 왜 이러는지 잘 모르겠어."

"여자애가 학교를 그만뒀다는 걸 정말 우연히 알았어. 자기를 미행하거나 그런 건 아니지만 느낌이 이상했고, 본인이 나한테 고백했다니까. 그런 애들은 어른들이 보호해야 할 책임이 있는 거 아냐? 그게 보호하는 건가? 너무 사랑해서 헤어질 수 없고 옆에 두고 봐야 한다? 하하하."

최지민은 울 듯 말 듯한 얼굴로 계속 지껄였다.

"나 두 번이나 낙태했어. 치사하게 그런 얘기를 하고 싶지는 않아. 그러면서도 기다렸어. 그런데 바쁘다, 출장이다, 아직 올라갈 길이 멀다, 그런 얘기만 하면서 지금껏 피해왔잖아."

"그건 내 탓이 아니고 불황 탓인 거, 잘 알잖아."

"허, 또 그 세계 경제 타령!"

저쪽 회사에서 나온 이후로 대낮에 최지민을 만난 건 처음이었다. 조금씩 처진 눈가, 늘어진 볼살과 팔자 주름, 그는 최지민의 변한 얼굴에 새삼 놀랐다.

"나 말고도 전에 같이 일하던 여직원하고도 그랬다며. 결국 다른 회사로 보내버렸으니 직위를 이용해 해고한 거나 같지. 너무 치사하지 않니?"

"그건 그런 게 아니야."

그가 소리쳤지만, 최지민은 멈추지 않았다.

"처음엔 이해했지만, 니 스타일이 짜증스러워. 근사한 사기꾼이야 넌. 괜찮은 외모와 지위로 여러 여자를 농락하고 버리는 사기꾼. 물론 절대로 사기를 치는 것처럼 보이지는 않았지. 하지만 생각해보면 구역질 나."

그는 손으로 머리를 감싼 채 벌떡 일어났다.

"내가 너를 좋아하지 않은 게 죄라는 거니? 누가 섹스한다고 다 결혼해. 넌 그래서 나랑 결혼 못하는 거야. 그렇게 촌스러우니까. 너같이 촌스러운 인간과는 결혼 안 해."

그는 이제 눈알이 튀어나올 것처럼 충혈된 채로, 입에 거품을 물고 말했다. 그러나 최지민은 이상하리만치 유연하고 차분했다.

"그래, 난 너를 좋아하지 않았어. 좋아하지 않았지만 너한테 내내 미안했어. 내가 좋아하는 건 하나야. 이제 시원하냐? 넌 사랑이 뭔지도 몰라. 넌 잘난 몸에 걸치는 그 옷, 그 주얼리, 그 신발짝들이나 사랑하지. 너도 날 사랑하지는 않아. 내가 너한테 그런 물건들을 평생 사다 바칠 줄 알았니?"

평생 한 번은 최지민에게 하고 싶은 얘기였지만 이런 상황에서 하게 되리라고는 생각하지 못했다. 뭔가 상황을 바로잡을 시기는 지나버렸다고 그는 생각했다. 그는 눈을 부릅뜨고 최지민에게 말했다.

"난 널 사랑하지 않아! 이제 가도 될까?"

최지민은 숨을 크게 몰아쉬었다. 그는 그제야 커피숍 내부를 둘러봤다. 노트북을 펴놓은 채 앞을 보고 있는 한두 사람 외에, 커피숍은 텅 비어 있었고, 두 사람을 주목하고 있는 사람은 아무도 없었다.

새벽마다 파김치가 되어 오피스텔 현관 앞에 주저앉아 담배를 피웠다. 지독한 더위에 손에 닿는 시멘트 바닥마저 녹아버릴 것 같았다. 철통 같은 보안 시스템을 어쩌지 못하고 여자애가 오피스텔 밖에 서서 그를 기다리고 있었다. 얼굴은 더 작아진 것 같았고 키는 훌쩍 더 큰 것 같았다. 여자애는 말이 없었고 매우 침울해 보였다. 전처럼 안거나 키스를 하거나 하지도 않았다. 그는 여자애를 데리고 오피스텔로 들어갔다. 그러고는 자기 머리통 하나 까딱할 힘이 없는 상태에서 여자애의 가슴에 안긴 채 금세 잠이 들어버렸다.

눈을 떴을 때 여자애가 보이지 않았다.

"하나야."

대답이 없었다. 그가 화장실 문을 열었을 때 여자애는 변기를 끌어안고 토하고 있었다.

"왜 그래?"

"속이 좀 안 좋아요."

"체했니? 아직 아무것도 안 먹었잖아."

"네."

"빈속인데 그래?"

여자애의 얼굴이 노랗게 부어 보였다. 그는 세면대에서 여자애의 얼굴을 씻긴 뒤 밖으로 데리고 나왔다. 여자애는 거실에 나와서도 소파에 앉지 못하고 무릎에 얼굴을 묻은 채 바닥에 앉았다.

"아저씨 정말 미안해요."

"뭐가 미안해? 괜찮아."

"나 임신했어요."

그는 무슨 말을 해야 할지 알 수 없었다. 심장이 커다랗게 쿵쾅거렸지만 먼저 여자애를 일으켜 소파 위에 앉혔다. 그리고 둘 다 말없이 그대로 있었다.

"정말 미안해요."

"내가 미안하지."

"정말 미안해요."

"괜찮아."

순간 여자애가 배를 움켜쥐고 뒤로 물러났다. 그러고는 연극

대사를 하듯 말했다.

"이번엔 안 죽이려고."

"뭐라고? 죽인다고?"

"애를 낳아서 같이 살면 재밌을 것 같아요."

그는 여자애를 안아주었다. 앞으로 몇 번이나 더 이런 일을 겪을 것인지 짐작할 수 없었다. 짜증스러웠고 두려웠다. 여자 애의 머리카락이며 얼굴에서 시큼한 땀내가 났고 마른 먼지 냄새 같은 게 풍겼다.

"하나야."

"네, 아저씨."

"말도 안 되는 소리야 그건."

"아저씨더러 책임지라는 게 아니야. 그냥 나한테 식구가 더 늘어나는 것뿐이야. 우리 엄마가 키울 수도 있고. 어쩌면 누군가 입양을 할지도 모르고."

"어떻게 키워?"

"그건 몰라. 난 친구가 필요해."

"알아."

"저런 인형 말고, 사람 말이야. 누군가와 같이 살고 싶어. 가족이 필요하다구요."

"알아."

"진짜 알아요?"

"그럼 알지."

“어떻게 알아? 아저씨는 몰라.”

“알아. 안다니까.”

“그럼 낳게 해줘요. 아니 내 마음대로 할 거야. 내가 낳는 거니까.”

그는 담배에 불을 붙였다.

“하나야, 우리 놀러 가자. 어디 가서 바람 좀 쐬고 오자.”

“어디?”

“바다 보러.”

“정말요?”

“그럼.”

“아저씨.”

“응.”

“난 아저씨를 힘들게 하고 싶지는 않아요.”

“알아.”

“내가 널 잘 알아. 넌 착한 애야. 그래서 내가 널 사랑하지.”

“난 괜찮아요.”

“그래.”

“난 할 수 있어요. 잘 키울 수 있어.”

“물론. 넌 건강하니까 낳을 수 있어.”

“아저씨.”

“응.”

“나 때문에 아저씨를 망치고 싶지는 않아요.”

“하나야.”

“네. 말해요.”

“넌 나를 망친 적 없어.”

“알아요. 아저씨도 나를 망친 적 없어요.”

“가자. 바다 보러.”

“네. 가요.”

“가자.”

이런저런 대책 회의로, 골프로, 출상으로, 집대로 그는 여전히 바빴다. 오랜만에 웃는 얼굴로 출근한 어느 날 아침, 낯선 남자 두 명이 사무실에 와서 그를 기다리고 있었다. 한눈에 봐도 같은 분야에서 일하는 사람들이 아니었다. 머리와 힘을 동시에 쓰는, 그에게는 아주 낯선 느낌의 사람들이었다.

그는 가방을 의자 위에 올려놓으며 환하게 빛나는 창밖을 잠깐 내다봤다.

“강동석 씨죠. 경찰입니다.”

그는 고개를 들고 낯선 사람들을 바라봤다.

“무슨 일이시죠.”

“우리랑 잠깐 나가서.”

순간 그는 얼굴이 찢어질 때처럼, 피가 나는 것처럼 아팠다.

“여기서 얘기를, 아 잠깐만요. 차를 좀 드릴까요?”

그는 태연하게 대했다.

"차는 됐습니다."

통유리창 너머로 이제 막 아침 근무를 시작한 직원들이 방 안을 힐끔거리며 지나가는 게 보였다. 결재 서류와 스탠딩 미팅 준비 때문에 전화는 계속 울려대고 있었다. 그는 비서에게 전화를 연결하지 말라고 했다. 그리고 떨리는 두 손을 책상 아래로 숨긴 채 가만히 앉아 있었다.

"저희와 함께 경찰서로 좀 가주시겠습니까?"

경찰들이 말했고 그는 일단 일어나 양복 윗도리를 벗고 손목 시계를 보며 경찰들에게 물었다.

"제가 왜 경찰서에? 여기서 얘기하시죠. 곧 회의도 있고."

그는 비서에게 다시 전화를 걸어, 일이 끝나면 전화를 하겠다고 말하고 방을 나갔다. 그러고는 불이 꺼진 소회의실로 경찰들을 데리고 갔다.

"여기서 얘기를 해도 괜찮겠습니까?"

경찰이 두툼한 가방을 회의 테이블 위에 올려놓으며 말했다. 그는 머리를 끄덕거렸다.

"이하나 아시죠? 이하나 친구 S가 원조교제를 나갔다가 시체로 발견됐어요. 마지막으로 만난 사람이 이하나죠."

"그런데요?"

"이하나가 마지막으로 만난 사람이기 때문에 우리는 이하나를 조사했고, 조사 과정에서 강동석 씨 관련 사항들이 나왔어요."

태연하려고 해도 정신이 자꾸만 흐트러지는 게 사실이었다. 경찰들은 파일을 하나씩 열어 그의 얼굴 아래로 들이밀었다. 그는 파일 안에 붙어 있는 자기 사진을 보았다. 여자애와 함께 찍은 사진들이었다. 전에 살던 강북의 오피스텔, 지금 사는 강남의 오피스텔, 자동차 안, 침대 위에서 다 벗고 트렁크만 입고 있는 사진, 엉덩이만 보이거나 가슴만 보이거나 얼굴 한쪽과 어깨만 보이는 사진도 있었다. 강남역 주변의 거리에서 찍은 사진도 있었고 식당이나 커피숍 소파 같은 곳에 앉은 채 편하게 찍은 사진도 많았다. 그러나 그 사진들은 그가 여자애의 DS 폴더 속에서 본, 익히 아는 것들이었다. 새로울 것이라고는 없는, 자기 몸의 한 부분과 사진을 찍는 여자애의 팔이나 얼굴 반쪽 등이 섞여 있는 그 사진들은 다시 봐도 대부분 자연스러웠고, 특히 색감이 좋았다.

여자애의 사진도 보였다. 장난스러운 표정을 짓게 한 뒤 직접 찍어준 얼굴 사진, 다리 사진, 그리고 등뼈만 찍은 사진까지. 사진만 보면 무슨 환각 파티를 하는 사람들처럼 둘 다 뒤로 나가자빠질 듯 웃고 있거나 온통 쾌락뿐인 듯 슬픔이라고는 찾아볼 수 없는 표정을 하고 있었다. 그는 새삼스럽게 추억 속으로 빠져들었다.

떡볶이, 순대, 튀김 사진. 편의점에서 산 아이스크림, 길거리에서 산 와플, 초콜릿 사진 등이 손때를 잔뜩 묻힌 채 나란히 붙어 있었다. 사진을 본 순간 그는 입안에 저절로 침이 돌고 배가 고팠으며 여자애가 몹시 그리웠다.

여자애에게 보냈던 이메일도 무슨 중요한 공문서처럼 프린트되어 달라붙어 있었다. 글자 크기를 너무 키워 놓아서 마치 유치한 광고 카피의 한 구절 같았다.

'하나야, 영원히 사랑한다. 동석.'

그는 늘 부족하다고 생각하는 자신의 표현력의 한계를 절감했다. 무척이나 부끄럽고 한심스럽기까지 했다.

여자애의 은행 통장도 있었다. 통장은 그를 만나게 되면서부터 잔액이 어느 정도로 늘 유지되고 있었고 5만 원씩, 3만 원씩 돈을 찾아 쓴 기록이 보였다. 그러다 송금 액수가 다른 날보다 아주 많은 날이 눈에 띄었다. 여자애가 병원에 갔던 즈음이었다.

하다못해 여자애의 인형들 사진, 속옷들 사진, 노트북 사진, 필통 사진까지 여자애에 관한 모든 자료가 파일에 전부 프린트되어 붙어 있었다. 그리고 결정적으로 그를 당황하게 한 것은 여자애가 쓴 일기였다. 여자애의 문장은 짧고 정확했다. 그는 순간, 자기도 모르게 그 문장에 빠져들었다. 그 문장은 자신과 여자애를 전혀 다른 공간으로 데리고 가는 어떤 지시문처럼 다가왔다. 그는 자기가 지금 어떤 상황에 놓였는지도 잊어버린 채 그 문장에 빠져 이야기를 읽고 즐기고 있었다.

"그래서 이 사진들, 이것들이 어쨌다는 겁니까? 절 찾아온 이유가 이것들 때문인가요?"

“이 친구가 기록 정신이 투철해요. 글을 아주 잘 쓰더라고. 우리가 일하기 아주 편하게, 일목요연하게 날짜별로 정리를 잘 해놓았어. 머리도 좋은 것 같고 자기의 하루하루를 아주 꼼꼼하게 낱낱이 기록하기를 좋아하는 성격인 것 같아요. 학교에 다녔으면 참 우수한 학생이 됐겠다 싶어.”

“설마 이 친구가 경찰들을 편하게 해주려고 이렇게 정리를 했을까요? 이건 그냥 개인의 기록입니다. 그 나이 또래의 애들 누구나 하는 일이기도 합니다. 하나가 이걸 누구에게 보여주기 위해 썼다는 선 너무 이상한 추측 아닌가요?”

“어쨌든 우리는 이 기록들이 있으니까.”

그는 시간을 좀 끌어보고 싶었다. 그래서 한 발짝 더 다가가기로 했다.

“이 사진들 속에 있는 남자는 제가 맞습니다. 하나가 쓴 글 속에 있는 남자도 제가 맞습니다. 이메일을 보냈던 것도 저고, 은행 계좌로 돈을 보냈던 것도 접니다. 우리가 만났던 것도 사실입니다. 섹스한 것도 사실이구요. 사랑한 것도 사실입니다. 누가 먼저 시작했는지는 모르지만 우리는 어쨌든 연인이었고 사랑했습니다. 그게 왜 문제가 됩니까?”

“돈을 줬잖아요.”

“그게 왜요?”

“성매매특별법 몰라요?”

“처음부터 돈을 주고 하나를 만난 게 아니었습니다. 제가 하나를 돈으로 산 게 아닙니다. 그냥 다른 연인들이 그렇듯이, 우연히, 처음 만난 순간부터 그냥 사랑하게 되었습니다. 아무런 의도도 계획도 없었어요. 그냥 사랑하게 됐고 사랑이 깊어졌습니다. 그런데 지금 그게 어쨌다는 겁니까?"

그가 경찰에게 차분하게 말했다. 경찰은 한심하다는 듯 웃었다. 그리고 사진 한 장을 그의 눈 아래로 쓱 밀었다. 하나랑 비슷하게 생긴 듯한 또래 여자애의 사진이었다.

"이하나 친구 S의 사진입니다. 이하나가 이 친구랑 돈을 벌기 위해 나갔다가 이하나는 살아 돌아오고, 이 친구는 실종됐어요. 실종됐다가 시체로 발견됐다고 하잖아요. 우리가 그 여자애와 같이 사라진 자식을 찾으려다 보니까 이하나와 접촉하게 됐고 강동석 씨를 알게 된 겁니다. 당신도 그 사라진 자식과 똑같은 인간이야. 이 애들이 어떤 애들인지 이제 아시겠죠?"

"그래서요? 그게 저와 무슨 상관이죠?"

"제정신이 아니군."

"하나 친구 사건과 제가 무슨 관련이 있다는 말씀입니까?"

그는 마치 남의 일에 관해 얘기하듯 경찰에게 묻고 있었다.

"이하나가 당신과 관련이 있는 거니까, 당신도 그 사건과 관련이 있는 거지."

그는 또 마치 남의 일을 얘기하듯 경찰에게 말했다.

"하나와 저의 사생활입니다. 제가 왜 저의 사생활에 관해 제가 일하는 장소에서 추궁당하고 공개적으로 해명해야 합니까?
그건 저 혼자 할 일이지 여러분과 같이 할 일이 아니지 않습니
까?"

"아 참, 이 양반이 정신이 있어 없어? 외국서 공부한 양반들
은 다 그런가. 이하나가 몇 살인지 알아? 걔가 어떤 애인지 알
아? 가출한 애야. 채팅으로 남자들 만나서 자고, 돈 받고, 그
돈으로 사는 애야. 당신은 그런 애를 데리고 논 거야. 불쌍한
애라구."

그는 화가 나서 참을 수가 없었다. 휴대전화는 계속해서 부
르릉거리며 떨렸고 시간이 갈수록 머리가 땅으로 떨어지는 기
분이었다.

"어떻게 우리 관계를 그런 식으로 표현하십니까. 저는 지금
굉장히 당황하고 있습니다. 당신이 뭔데 제가 하나를 데리고
놀았다고 표현하십니까. 저는 하나를 데리고 논 적이 없습니
다. 그리고 저는 하나가 그런 일을 하는지 정말 몰랐습니다.
제가 알았다면 그냥 두지도 않았을 거구요."

"그냥 안 두면? 결혼이라도 할 작정이었다는 거야? 이 양반
이 진짜 재밌는 양반이구만."

경찰이 회의실에서 일어났다. 누구도 알은체는 하지 않았지
만, 사실은 모든 직원이 그를 쳐다보고 있다는 게 확연하게 느
껴졌다. 그도 더는 사무실에 있기 어려웠다.

차를 끌고 도로로 나왔다. 구급차가 커다란 사이렌 소리를

내며 주차 요원의 수신호에 따라 성모병원으로 들어가고 있었다. 그는 여자애와 같이 강을 보러 갔던 반포대교 아래로 차를 몰았다. 자전거를 탄 사람들이 느리게 지나갔고 저글링을 하는 사람들이 느긋한 자세로 서서 허공을 향해 손을 뻗어 올렸다. 영화 촬영 팀도 다리 아래에 모여 있었다. 다른 날보다 강물 위로 떨어지는 햇빛이 환하고 눈부셨다. 그는 어깨를 떨었다. 불안하고 두려웠다.

13

　뜨거운 태양이 도심을 녹신하게 만들었다. 기울어진 자전축이 똑바로 섰는지 어쨌는지, 이 위도상에서는 봤다는 사람이 한 사람도 없을 만큼 생경한 태양 빛이었다. 그는 화염에 휩싸인 듯한 서울 시내를 빨리 벗어나고 싶었다.

　자동차 시동을 걸었다. 여자애가 들고 온 짐을 모두 트렁크에 넣고는 문을 세게 닫았다. 엔진 돌아가는 소리가 머릿속을 긁었다. 몹시 더웠다. 그는 자꾸만 목덜미를 만졌다. 여자애는 교복을 입은 채, 인형 두 개를 안고 앞자리에 앉았다. 그는 인형 두 개를 여자애의 허리께에 가로지르게 놓은 뒤 함께 묶어 안전벨트를 매주었다.

　양재인터체인지에서 고속도로로 접어들 때 그는 마지막 차선에서 번쩍거리며 달려오는 집채만 한 덤프트럭 행렬을 봤다. 트럭이 지나갈 때까지 그는 기다리지 않았다. 무조건 차머리를 밀어 고속도로로 진입했다. 간발의 차이였다. 하마터면 덤프트럭에 깔려 인형이고 사람이고 다 끝이 날 뻔했다.

그는 끝없이 달려나갔다. 달리는 것 말고는 아무것도 할 게 없다는 듯이 질주에 질주를 거듭했다. 30분 만에 영동고속도로로 바꿔 탔다. 그리고 용인휴게소에 내렸다. 그는 자고 있던 여자애를 깨웠다. 두 사람은 화장실에 들어갔다가 나와 휴게소 건물 쪽으로 걸어갔다. 태양 빛은 한결 누그러든 것 같았다.

"아저씨가 뭐 좀 사요."

여자애가 음악을 틀어놓은 트럭 노점상 앞으로 걸어가며 그에게 말했다. 여자애는 챙이 넓은 모자와 선글라스를 골라 써 봤다. 새처럼 얼굴이 검은 노점상 주인이 손거울을 팔꿈치로 닦은 뒤 여자애에게 내밀었다. 여자애는 초록색 나뭇잎이 프린트된 발목까지 내려오는 촌스러운 스커트도 샀다.

물건이 담긴 검은 비닐봉지를 들고 서 있던 여자애는 저만치서 다가오고 있는 그의 얼굴을 봤다. 탄력도 없이 부은 듯했고 전체적으로 누렇게 뜬, 전과는 좀 다른 인상이었다. 그는 제크 비스킷 한 봉지와 커피 두 잔, 그리고 말보로 담배 한 갑과 일회용 라이터를 샀다.

운전은 점점 더 거칠어졌다. 여자애는 앞자리 콘솔 박스 위에 두 발을 올려놓은 채 비스킷을 먹었다. 고개를 돌려 가끔 운전하는 사람 얼굴을 힐끔힐끔 쳐다봤지만, 그는 여자애를 절대 쳐다보지 않았다.

태양은 너무 강렬하고 뜨거워서 두 사람의 얼굴을 금세 거뭇거뭇하게 만들었다. 그는 계속해서 담배를 피워댔고 꽉 조이는 와이셔츠 목덜미를 뚫고 조금씩 자라나는 수염을 자꾸만 손으로 비볐다. 말보로 연기에 여자애는 콜록콜록 기침을 해댔다.

"아저씨."

"응?"

"나 숨 마혀 죽을 것 같아요."

여자애가 말했지만, 그는 대답이 없었다.

어느 정도 달렸을 때, 여자애도 담배를 입에 물고 담배를 피우는 척했다. 그는 잠깐씩 고개를 돌려 여자애를 봤지만, 이전처럼 웃지는 않았다. 여자애는 담배를 피워대며 앞만 보고 있는 그의 얼굴이 낯설고 두려웠다.

고속도로에는 생각보다 자동차가 뜸했다. 대관령을 관통해 시내로 접어들었지만, 도심엔 개 한 마리조차 보이지 않았다. 창밖에서 흔들리는 나무들조차도, 길거리에 서 있는 집들조차도, 건너편 차선에서부터 달려오는 자동차들조차도 비현실적으로 작아 보였다. 생생한 건 오로지 파랗고 무거운 하늘과 희고 뜨거운 빛을 동시에 뿜어대는 태양뿐이었다. 그는 목덜미에 손을 넣어 신경질적으로 셔츠 버튼을 잡아당겨 늘이곤 했다.

그들은 얼마 안 가 바다에 도착했다. 휴가철이 지난 바닷가

는 한산하고 고요했다. 민박과 식당이 즐비한 해수욕장 진입로
도, 해안도, 바다도, 바람 한 점 없이 뜨거운 햇볕 아래 죽은
듯이 꼼짝 않고 있었다. 햇볕에 녹아내리는 비치볼, 햇볕에 녹
아내리는 쓰레기통, 햇볕에 녹아내리는 안전 요원들의 빈 의
자, 햇볕에 녹아내리고 있는 수백, 수천만 개의 모래들, 햇볕
에 녹아내리는 보트들, 썰매들, 그리고 허공에 떠 있는 번지점
프장.
　"야, 바다다!"
　"응. 바다네."
　"아저씨 저기, 진짜 바다예요."
　여자애가 창밖을 보면서 소리를 질렀다.
　"아저씨 저기 봐요. 바다라니까."
　"나도 알아."
　"우리 여기서 안 내려요?"
　"일단 호텔로 들어가자."
　"알았어요. 진짜 바다에 오다니."
　차는 해안을 끼고 천천히 달리다가 높지 않은 언덕 위에 서
있는 희디흰 호텔로 향하여 속도를 더 늦췄다. 높다란 대나무
로 가득 둘러싸인 그리 크지 않은 호텔이었다. 그는 주차장에
차를 세우고 바닷가 쪽으로 고개를 돌렸다.
　그는 호텔 카운터에서 이유도 없이 현금으로 호텔비를 계산
했다. 지은 지 오래된 호텔 건물은 습기로 눅눅했고 곰팡내가

심하게 났다. 그에게 이 호텔의 냄새와 분위기는 자기 집만큼이나 익숙하고 편했다. 어릴 때 서울에서 친척이 오면 식구들은 모두 이 호텔에 와 묵었다. 친척 형제들과 밤새 돌아다닌 호텔의 지하, 계단, 테라스, 심지어 옥상까지. 시큼한 바닷바람과 태양에 절어버린 건물 비린내. 세탁실의 표백제 냄새 등 전부 다 익숙했다.

두 사람은 바다가 보이는 3층 방으로 들어갔다. 들어가자마자 그는 와이셔츠 단추를 풀어 침대 위로 던지고 창가로 가 섰다. 여자애는 창문을 훨쩍 열고 그에게 다가가 허리를 안았다. 흰 셔츠의 등과 어깨가 땀으로 다 젖어 있었다. 축축한 감촉이 손바닥에 느껴지자 여자애가 그의 등을 더 세게 안았다. 그가 돌아서서 여자애를 안았다.

여자애가 옷 가방을 열어 정리하기 시작했다. 미국 인형과 텔레토비를 거실 소파에 마주 보게 앉혔다. 여자애가 인형들에게 말했다.

"너희도 여기까지 오느라 고생했다. 자, 니네들은 우선 좀 쉬고 있어. 언니가 일단 짐을 좀 챙기고. 그리고 바다 보러 가자!"

"옳지, 착하지. 오늘은 아저씨랑 나랑 여행 온 거니까 방해하면 안 된다. 역사적인 날이니까!"

여자애가 말을 하지 않으면 아무 소리도 들리지 않는 침묵이 계속됐다.

여자애는 남자가 사준 옆주름이 들어간 청스커트와 허리가 잘록해 보이는 흰색 재킷을 옷걸이에 끼워 벽에 걸었다. 또 남자가 사준 분홍색 팬티와 브래지어도 벽에 걸었다. 최지민이 사준 도트 프린트 무늬의 민소매 탑과 검은색 미니스커트도 같이 걸었다. 벽면에 걸린 세 개의 옷걸이를 보며 여자애는 만족스러운 표정을 지었다. 모두 아직 라벨도 안 뗀 새 옷이었다.

화장대 옆에 놓인 책상 위에는 뚜껑이 보라색인 노트북을 펼쳐놓았고 화장대 거울에는 둘이 찍은 스티커 사진을 꽂았다. 노트북 액정도 켜놓았다.

"됐다! 이제 여기가 우리 집이다. 넓은 바다가 정원인 우리 집."

여자애가 혼자 손뼉을 치며 호텔 방 안을 둘러보는 모습을 그는 여자애의 뒤에서 가만히 지켜봤다. 그가 물었다.

"왜 아직 저 옷들을 안 입었어?"

"학생은 교복을 입으니까. 난 학생이거든."

그가 여자애에게 다가가 어깨를 잡았다. 손이 부들부들 떨렸고 여자애는 그 떨림을 충분히 느꼈다. 여자애는 남자가 이상하다고 생각했다. 그래서 오히려 팔을 올려 남자를 안고 등을 두드려주었다.

그는 팔을 당겨 여자애를 침대 쪽으로 오게 한 뒤 천천히 침대 위에 눕히고 긴 초록 스커트 자락 속을 더듬어 들어갔다. 창밖 어디선가 음악 소리 같은 것이 들려왔다. 이 호텔의 명물인 풍경 소리였다. 대나무 숲에 매달린 커다란 금속 풍경은 약한 바람에도 조금씩 흔들렸다. 풍경 소리를 따라, 그 리듬을 따라 남자는 천천히 여자애의 몸을 만지기 시작했다. 여자애가 남자의 귓속에 대고 뭐라고 속삭였다.

"무슨 소리야, 저건?"

여자애가 머리를 뒤로 돌려 창 쪽을 보며 말했다.

"풍경 소리. 흰 눈이 내리는 겨울에 들으면, 눈 내리는 소리와 함께 들으면 좋아."

"좋겠다."

여자애가 말했다.

"그래, 좋아."

여자애가 다시 얼굴을 바다 쪽으로 돌리며 말했다.

"바다에 가요, 우리. 빨리 바다에 가."

여자애가 그의 가슴에 대고 말했다.

"뭐라고 하는지 잘 안 들려."

그가 다시 말했다.

"바다에 가자고요. 바다에."

하지만 그는 대답하지 않았다.

"바다가 보고 싶다니까."

"풍경 소리 때문에 잘 안 들린다니까."

여자애는 힘을 주어 그의 손목을 잡았다.

"아저씨가 바다 보러 간다고 했잖아."

그는 여전히 잘 들리지 않는다고 말했다. 그리고 자꾸만 여자애의 귓속에 대고 또 뭐라고 뭐라고 말하기 시작했다.

"미안해."

"뭐라고?"

"미안해."

"바보."

순간 그가 여자애의 초록색 치마를 걷어 올리는 소리가 크게 들렸다. 그가 상체를 세워 여자애의 몸을 내려다봤다. 봉긋한 아랫배, 음모 위로부터 배꼽까지 분명하게 이어진 고동색 임신선이 보였다. 그는 순간 여자애의 몸이 배꼽을 중심으로 위는 소녀, 아래는 여자로 이등분되어 있다고 느꼈다. 이등분된 몸이 하나로 합쳐지는 날, 여자애도 그때부터 비로소 늙기 시작하리라, 생각했다.

그가 왼쪽 팔을 뒤로 돌려 여자애의 목을 안고 다른 한쪽 손으로 여자애의 엉덩이를 안아 자기 몸 쪽으로 끌어당겼다. 그는 여자애의 귓속에 대고 계속해서 예쁘다고 말했다. 입술도, 눈도, 갈색 피부도 어느 곳 하나 예쁘지 않은 곳이 없었다.

"나, 너무 더워요. 아저씨."

여자애가 자기 목을 손바닥으로 훑어 내렸다.

"곧 바다로 나가자. 하지만 지금은 그냥 이렇게 있고 싶어."

"너무 덥다니까요."

여자애가 짜증스럽게 말했다.

“알았어.”

그는 끈질기게 여자애를 달랬다.

“곧 바다로 간다니까.”

“알았어요.”

그는 부들부들 떨고 있었고 온몸이 비 오듯 땀투성이였다. 여자애가 한 손으로 그의 이마와 목덜미를 닦아주었다. 순간 그는 여자애의 무릎 부분을 안쪽에서 바깥쪽으로 누르고 여자애의 엉덩이 안 깊숙이 자신의 몸을 밀어 넣었다. 여자애는 리드미컬하게 움직이는 그의 얼굴과 어깨를 올려다보면서 규칙적으로 소리를 냈다. 남자는 또, 차가운 빙하 계곡과 계속 사이, 억만 년의 냉기가 서린 흰 김이 태산만 하게 피어나는 빙하 속으로 뚝 떨어져 내렸다. 순간, 남자는 자기도 모르게 커다랗게 비명을 질렀다.

여자애는 팔을 뻗어 비명이 흘러나오는 남자의 입속에 자기 손가락을 넣었다. 그는 더 깊은 비명을 지르며 빙하 속으로 추락하듯 몸을 한 바퀴 돌린 뒤 침대 위에서 바닥으로 쿵 하고 떨어져 내렸다. 여자애는 쿡쿡 웃었다.

“바보.”

방바닥에 떨어진 그는 아무런 반응이 없었다. 어느 정도 시간이 지나도 눈을 뜨지 않자 여자애는 남자가 죽은 줄 알고 무릎걸음으로 다가갔다. 그의 얼굴에 손을 얹고 눈물을 흘리며 그의 얼굴이 다시 살아나길 기다렸다. 여자애는 온몸에 힘이 빠진 상태에서 손끝으로 그의 얼굴을 흔들었다.

"바보."

그가 다시 눈을 떴다. 여자애는 다시 웃었고 그의 몸 위로 올라가 힘을 뺀 채 엎드려 있었다.

"밖이 어두워진 것 같아."

여자애가 말했다.

"해가 지니까."

"아저씨, 나 바다 보고 싶어. 해 지기 전에. 해 지면 바다가 안 보이잖아."

"알았어."

여자애는 한 손으로 그의 머리카락을 쓰다듬었고 남자는 신경질적으로 머리를 뒤로 뺐다.

"아저씨."

여자애가 남자를 불렀다.

"아저씨, 혹시 우리가 다시 못 만나도 나한테는 아저씨밖에 없었다는 거 알아야 해."

여자애가 말했다.

"알고 있어."

"어떻게 알아?"

"그냥."

"진짜?"

"그럼 진짜."

그가 대답했다. 여자애는 그의 얼굴에 웃자란 수염을 손끝으로 문지르고 있었다. 그가 다시 몸을 일으켜 앉았다.

"침대로 올라가자."

두 사람은 침대로 올라갔고 남자가 창에 달린 갈색 커튼을 한가운데로 모았다. 여자애는 커튼 뒤로 물러난 바닷가 쪽의 환한 햇살을 훔쳐본 뒤 얼굴을 돌리고 어두워진 실내를 돌아봤다. 여자애는 소파에서 인형 두 개를 가져와 침대 머리맡에 놓았다.

어두워진 실내에서 왔다 갔다 하는 여자애의 몸은 짙고도 검은 갈색이었다. 남자는 인형들을 쳐다봤다. 미국 인형은 분명히 앞을 보고 있었는데 빨간 텔레토비는 눈알이 이상해 어디를 보고 있는지 도무지 알 수가 없었다. 그는 여자애와 텔레토비를 번갈아가며 쳐다봤다. 여자애의 몸이 점점 더 짙은 갈색으로 변하는 것 같았다.

여자애가 침대로 올라와 누웠다. 그는 한쪽 팔에 여자애를 안은 채 말보로 한 대를 피워 물었다. 진한 자주색 커튼이 말보로 연기를 깊이 빨아들였다.

"아저씨 한 번만 더. 나 한 번만 더."

"알았어. 지금은 이대로 있어."

"알았어요."

여자애가 그의 눈을 올려다보며 말했다.

사방이 고요했다.

바짝 마른 나뭇잎 냄새 같은 말보로 담배 냄새가 호텔방 전체에 진하게 풍겼다. 그는 담뱃불을 끄고 머리 위로 팔을 올린 채 눈을 감고 있었다. 여자애는 그의 팔을 풀고 그의 입술에 자기 입술을 댔다. 그는 화들짝 놀라 눈을 떴다가 다시 눈을 감았다. 여자애는 남자의 입에서 나는 담배 냄새가 매우 좋았다. 그래서 자꾸만 그의 입속으로 혀를 밀어 넣었다. 그리고 두 손으로 소름이 돋은 듯한 그의 온몸을 부드럽게 쓰다듬었다. 여자애는 어느 한순간, 자기도 모르게 그의 배 위로 올라가 앉았다. 지금껏 해보고 싶었던 일이기 때문에 더 참을 수가 없었다. 그는 여자애의 몸을 잘 지탱했다. 여자애는 그의 가슴에 양팔을 쭉 뻗어 누른 상태에서 숨이 멈출 것 같은 순간까지 달리기를 하듯 온몸을 움직였다. 그는 아래에서 몸에 힘을 준 채 여자애의 허리를 꼭 잡고 있었다.

이번엔 여자애가 순간적으로 깊은 빙하 속으로 떨어져 내렸다. 그리고 목인지, 배인지 알 수 없는 곳에서부터 심해어류들이 집단으로 내는 신호음 같은 아주 이상한 소리를 쏟아냈다. 여자애는 잠시 후 조금 전보다 더 이상한 소리를 내며 침대 위로 쓰러졌다. 그리고 여자애는 울었다. 그는 여자애가 손바닥으로 자기 입을 막으며 울고 있는 모습을 지켜봤다. 여자애는 남자의 가슴에 얼굴을 묻고 울었다. 그가 손을 내밀어 눈물을 닦으려고 했지만 여자애는 그 순간부터 자신의 몸에 손을 대지 못하게 했다. 여자애는 남자의 몸에서 내려와 바닥에 얼굴을 대고 울기 시작했다.

"가만 내버려둬. 가만 내버려둬."

텔레토비는 그들이 하는 짓을 모두 보고 있었다.

여자애는 계속해서 잤다.

그는 여자애에게 바다를 보여주고 싶었다. 사랑한다면서 바다 따위를 보여주지 않다니. 그는 늘 그렇게 뇌까렸다. 뒤늦게 휴가를 온 청소년들이 모래사장 위에서 깔깔거렸다. 그는 저만치 앞에서 칼로 베어놓은 듯 찰랑거리지도 않는 검고 파란 바다를 봤다. 그러고는 연달아 말보로를 두 대 피웠다.

여자애는 그때까지도 차에서 잤다. 그는 차에서 내려 언덕으로 올라갔다. 어릴 때 친구들과 자주 뛰어놀던 곳이었다. 언덕의 나무들은 지금까지도 키가 다 같았다. 산의 표면이 다 모래여서 모두 소나무 모래라고 불렀다. 키가 작은 소나무들이 듬성듬성 심어져 있고 바람이 불면 모래가 한바탕 흔들리며 바다 쪽으로 날아가는 이상한 산이었다. 그는 산꼭대기까지 올라가 바다를 내려다봤다.

금세 밤이 왔다. 해안 초소 경비원들이 저녁을 먹으러 식당으로 몰려갈 시간이었다. 그는 여자애를 데리고 본가 쪽으로 갔다. 초당두붓집들이 모여 있는 바닷가 건너편 쪽 번화가와 소리박물관을 지나 새로 지은 집들이 반듯하게 모여 있는 골목길에 차를 세웠다. 그는 누군가 자신의 얼굴을 보기만 해도 대

번 들킬 것 같아 차에서 내리지 않았다.

"저기가 우리 집이야."

여자애가 그제야 눈을 떴다.

"넌 그러니까 밥을 많이 먹어야 한댔지. 밥을 안 먹으니까 그렇게 잠만 자잖아."

"아, 아저씨. 나 어지러워요."

"바다 보러 가자고 졸라대더니 잠만 자는 거니?"

여자애는 차창 밖으로 고개를 내밀었다. 평평한 흙바닥이 여자애에게는 무척 생소했다. 골목 양쪽에 반듯하게 지은 한옥들이 들어서 있었다.

"이 시간이면 두 분 다 집에 계실 거야."

"와, 집 좋다."

"몇 년 전에 새로 지었거든."

"그렇구나."

여자애는 그때 말도 안 되는 상상을 했다. 아이를 낳고, 작은 아이가 저 골목을 아장아장 걸어 나오는 상상. 그러나 이내 상상의 내용을 바꿔버렸다. 펌프킨 클럽 아이들이 모두 저 집 앞 마당에서 만나는 상상. 자신의 상징 문양이 새겨진 깃발을 들고 세계 탐험에 나서는 상상.

"배고프지? 이제 가자."

다음 날 아침, 그는 여자애와 강릉시외버스터미널에서 헤어졌다. 집에 들러 부모님을 만나야 할 것 같아서였다. 그는 차에서 내려, 여자애가 생수 한 병을 사고 서울행 버스표를 사 승차장으로 걸어나가는 모습을 멀찍이 서서 지켜봤다. 다시 차로 가 승차장이 보이는 공터로 차를 이동시켰고 거기서 여자애가 가는 모습을 볼 생각이었다. 좁은 시골이어서 아는 얼굴을 만날 확률이 높았다.

여자애는 배낭을 멘 채 플라스틱 의자에 앉아 있었다. 멍청한 얼굴로 휴대전화를 내려다보다가 얼굴을 들고 가만히 정면을 응시했다. 그는 그사이 담배를 한 대 피웠고 라디오를 켰다가 나시 껐다가 또 켰다. 빈 버스가 차고에서부터 승강대로 이동하고 있었다. 버스가 서고 승객들이 버스 앞에 줄을 섰다. 손님이라고 해봐야 열 명도 채 안 되었다. 여자애는 인형을 안고 일어나 줄의 끝에 가 섰다. 그는 머리를 숙이고 버스를 쳐다보려고 했지만 잘 보이지 않아 시동을 건 뒤 터미널 담벼락 가까이 차를 움직였다.

사람들이 모두 버스에 타고 여자애도 올라탔다. 그는 차에서 내려 어깨높이의 쇠창살을 달아놓은 담벼락에 기댄 채 버스 꽁무니를 쳐다봤다. 여자애는 잘 보이지 않았다. 눈이 따가웠다.

버스가 천천히 후진하면서 왼쪽 자리의 중간에 앉은 여자애가 보였다. 머리를 들고 창밖을 봤는데, 얼굴 각도가 마치 그를 향해 인사를 하는 것처럼 보였다. 그게 여자애의 마지막 모습이었다. 동시에 그때 한 남자가 하나가 있는 자리를 지나쳐

뒷자리에 앉았는데, 그의 옷이, 이런 여름에 입기에는 지나치
게 더워 보이는 검정 양복이었다. 그것뿐이었다. 그게 다였다.

14

"8월 말에 휴가 내고 어디 갔었어?"

"8월 말이요? 아, 강릉에, 집에 다녀왔습니다. 부모님 댁에요."

그가 경찰서 문을 나서자 조사받을 때 만났던 사람들이 각도를 달리한 채 서서, 그가 나오기를 기다리고 있었다. 그들이 자기를 향해 손가락질하고 있다고 그는 생각했다. 그는 그들을 향해 눈인사를 하고는 주차된 자동차로 갔다. 그들이 계속해서 뒤를 따라오는 것처럼 느껴졌다. 주차장에서 차를 빼 경찰서 밖으로 나갈 때까지 계속 따라오는 것 같았다. 우회전해서 길로 나가기 직전에 백미러를 봤을 때도 그들은 계속해서 그의 뒤를 따라오고 있었다. 그는 세상의 모든 사람이 자기를 향해 손가락질하며 따라오는 것 같아 식은땀을 흘렸다.

차를 몰고 거리로 나와 종로로 갔다. 낙원상가 고가 아래 공영 주차장에 차를 세우고 느릿느릿 어두운 고가 아래를 걸어 오후의 햇빛이 아주 조금 남은 종로 거리를 걸었다. 인사동 입구를 지나고 관철동으로 건너기 전, 횡단보도 앞에 던킨도너츠 간판이 보였다. 여자애의 일기에 적혀 있던 그곳이 분명하다고 그는 확신했다.

그는 카운터로 가 커피를 한 잔 샀고 실내를 둘러봤다. 밖이 잘 내다보이는 자리에 가 앉은 뒤 커피를 한 모금 마셨다. 커피는 달고도 진했다. 지금까지 그가 마셔본 어떤 커피보다 달고 진했다. 그는 창밖을 내다봤다. 정말 여자애의 말처럼 눈앞의 세상이 말짱 다 거짓말 같았다. 불과 두 달 전의 자기 자신과 지금의 자기 자신을 도무지 일치시킬 수 없었다. 그는 여자애가 그랬던 것처럼 휴대전화 액정 화면을 오래 들여다보며 혹시 누군가 자기를 찾는 게 아닐까 자꾸만 주변을 둘러봤다. 여자애가 보고 싶었다. 그때 문자 메시지가 도착했다. 햇빛 때문에 잘 보이지 않아 그는 실눈을 떴다.

'아저씨, 사랑해요.'

그는 뜨거운 커피를 무릎 위에 쏟았다. 손등 위로도 커피가 흘러내렸다. 그는 얼굴이 하얘지면서 벌떡 일어나 문밖으로 뛰쳐나갔다. 손가락이 홧홧거렸다.

그는 남쪽으로 차를 몰았다. 밤이면 모텔에 들어가 잤다. 모텔의 침대 위에 누우면 여자애의 몸에서 나던 그 기분 나빴던 냄새가 코를 찔렀다. 상아색, 구리색, 흐린 녹색 같은 냄새. 뭐라고 표현하기 어려운 이상한 냄새가 모텔 방의 배수구에서, 창문에서 끊임없이 났다. 그는 코를 흠흠거리고 손을 뻗어 벽을 잡아보고 허공의 공기를 휘저었다. 냄새는 사라지지 않았다. 아무리 손으로 휘저어도 코끝에 바짝 달라붙어 절대로 떨어지지 않았다.

텔레비전에서는 서울 도심의 시위 현장을 보여주었다. 도시 한쪽에 높은 콘크리트 방벽이 세워졌고 사람들은 담장 위에 나서를 했다. 그는 담장에 붙어 서서 낙서를 해대는 여고생 중에 여자애가 있는지 눈이 뚫어져라 텔레비전 화면을 봤다. 그러다 채널을 돌리면 저질 포르노가 나왔고 다른 채널로 돌려도 또 다른 저질 포르노가 나왔다.

어쩌다 잠이 들면, 교복을 입은 채 텔레토비 인형을 어깨에 메고 서울 시내를 왔다 갔다 하는 여자애가 불쑥 나타났다. 그는 꿈속에서 손에 잡히지 않는 나비를 따라다니듯 자꾸만 여자애의 등 뒤를 따라 뛰어가고 있었다. 어느 순간 여자애를 다 따라갔다고 생각하면, 여자애는 똑같이 생긴 문이 모두 닫힌 골목 안의 어딘가로 사라져 모습을 감췄다.

깨어 있으면 다시 자고 싶었다. 깊은 동굴 속에 파인 수십 개의 홀을 다 헤매고 돌아다녀도 여자애는 보이지 않았다. 촛불이 켜진 동굴 속에 얼굴을 들이밀면 수십 개의 동굴 속에서 각기 다른 기괴한 얼굴들이 그를 올려다봤다. 여자애가 너무 그리워 손을 잡았는데 잡고 보면 다 이상한 얼굴을 한 동물들이거나 몸뚱이는 잘리고 없는 팔과 다리 들이었다. 여자애와 함께 따뜻한 물속에 들어가 몸을 만지고 있는데 눈을 떠보면 그 물은 빨간 핏물이었다.

'나는 잘못한 게 없어요.'

그는 침대 위에 앉아 말보로 담배를 피웠다. 계속 중얼거렸다. 담배 몇 개를 피우는 사이 아침 시간이 다 지나갔다. 정오쯤 되어 모텔에서 나가면 모텔 문 앞에 여자애가 서 있을 것 같았다. 여전히 교복 차림으로, 텔레토비 인형을 어깨에 멘 채, 그를 향해 달려와 입을 맞출 것 같았다. 그는 온몸에 힘이 빠져서 자기 상체를 두 팔로 안은 채 울었다. 그러다 조금 나아지면 다시 모텔 안으로 들어가 침대 위에 누웠다. 해가 강렬해서 모텔 밖으로 나올 수가 없었다.

그는 달렸다. 결국, 부산까지 갔다. 부산 날씨는 몹시 뜨거웠다. 페리를 타면 일본의 후쿠오카까지 여섯 시간이면 도착했다. 고속 페리는 세 시간이면 충분했다. 시모노세키는 아홉 시간이면 도착했다. 거의 모두 매일 출발했기 때문에 어디로든 갈 수 있었다. 그는 사흘 동안 터미널 벤치를 오가며 일본행 배가 들고 나는 것만 쳐다봤다. 그는 바다 위에 떠 있고 싶었다. 가다가 가기 싫어지면 바다에 빠지면 그만이라고 생각했다. 후쿠오카로 갈까. 그는 아직 행선지를 정하지 못한 채 터

236

미널을 맴돌았다.

그러나 그는 표도 사지 않았고 선착장 가까이는 가지도 않았다. 여자애의 문자 메시지 때문이었다. 바다 위로 나가면 문자 메시지를 받지 못하게 될 것 같아서였다. 그는 문자 메시지가 도착할 수 있는 위도와 경도의 범위 안에 있고 싶었다. 더는 멀어지고 싶지 않았다. 부산에는 여자애가 없었다.

그는 국토의 서쪽 끝을 향해 운전하기 시작했다. 그러다가 진주에 닿았다. 남강에서 펼쳐지고 있는 유등축제 플래카드가 보였다. 다음 날 그는 진주 남강으로 갔다. 해기 지고 강변을 따라 늘어선 갖가지 모양의 유등들이 보였다. 다리 위에도 물 위에도 터널 천장 위에도 유등 천지였다. 뉴욕에 있는 자유의 여신상도, 우주소년 아톰도, 인삼 아가씨도 모두 다 진주 남강 위에 조금은 희화된 모양의 유등으로 떠 있었다. 알록달록하고 우습고 귀여운 캐릭터들을 보고 그도 잠깐 웃었다. 사람들이 유등이 환하게 켜진 다리를 건너기 위해 한꺼번에 몰려들어 줄을 서 있었다. 그는 사람들과 조금 떨어진 곳에 서서 사람들의 모습을 봤다. 평범한 사람들의 기원이 강물 위로 넘쳐흘렀다.

'아저씨 비가 와요.'

그날 밤 진주에는 비가 내리지 않았는데, 여자애로부터 문자 메시지가 왔다. 그리고 정말 그 순간부터 그가 있는 곳에도 마술처럼 비가 내리기 시작했다. 그는 휴대전화를 손에 쥔 채 가슴에 올려놓고 잠이 들었다. 어느 순간 휴대전화가 가슴속으로 들어가 가슴을 따뜻하게 덥혀주고 있는 기분이 들었다.

　그는 꿈을 꾸었다. 그는 죽을힘을 다해 소나무가 우거진 바닷가 언덕으로 여자애를 끌고 올라갔다. 그는 마치 자이언트 같았다. 시야가 탁 트인 산 위에서 바다를 한 번 보고는 여자애를 바닥에 내려놓았다. 어두웠지만 여자애의 긴 머리가 모래에 감기는 게 보였다. 저만치 모래 숲 한쪽에 웅덩이처럼 푹 들어간 곳을 발견했다. 그는 주저하지 않고 그리로 갔다. 그리고 모래를 끊임없이 퍼냈다. 여자애의 몸은 생각보다 크지 않아 모래를 얼마 파지 않아도 되었다. 그는 여자애를 그곳에 넣었다. 미국 인형과 그 지겹고 기분 나쁜 소리를 내는 빨간 텔레토비도 함께 넣어버렸다. 저 멀리 있는 파란 바다만이 그를 보고 있었다.

　다음 날 그는 서쪽 끝으로 가기를 포기하고 북쪽을 향해 운전했다. 대구에 도착한 그는 모텔 프런트에 있는 공중전화로 종로경찰서에 전화했다. 어쩌면 하나는 검정 양복이 그랬던 것처럼, 자기가 죽인 것인지도 모르겠다고 말했다.
　"제 옷장에 검정 양복이 가득합니다. 제가 바로 그 검정 양복입니다."
　하나의 고향인 대전에 가보고 이틀 후에 경찰서로 가겠다고 했다. 경찰은 횡설수설하는 그의 말을 믿지 않았다. 그러나 그는 이제 끝이 보인다고 생각했다. 경찰의 손에 넘어가면 이제 모든 일을 그들이 하는 대로만 따라 하면 그뿐이었다. 자신의 삶이 자신의 손에서 놓여나는 것이 나쁘지 않다고 생각했다.

다음 날 아침, 또다시 눈을 뜨고 일어나 자동차를 몰았다. 이제 이틀 후면 모든 게 다 끝이라는 생각을 하자 오히려 마음이 편해졌다. 귓가에서 계속해서 사이렌 소리가 들려왔다. 그러나 그 전에 여자애를 만나고 싶었다. 한 번만 보고 싶었다. 한 번만 안고 싶었다.

그날, 그는 대전에 도착했다. 출장 때문에 여러 번 왔던 도시이기는 했으나 그가 대전에 관해 알고 있는 것은 아무것도 없었다. 유명한 식당 몇 개, 강의하러 왔던 국립대학, 그리고 유명한 호텔 몇 개 정도가 그가 아는 것의 다였다. 인구는 약 150만 명. 그는 그중의 한 사람을 알았다. 키가 크고 얼굴이 작고 눈이 큰, 어쨌든 좀 이상한 여자애였다. 나이는 어린데 늘 술 몇 잔 마신 듯한 냄새가 나는 여자애였다. 그는 그 여자애에 대해 아무것도 몰랐다. 오히려 이 도시에 관한 것보다 여자애에 대해서 더 알지 못했다. 여자애는 이 도시 어디쯤에서 살았을까. 그는 머리를 들고 얼빠진 듯 도시를 올려다봤다.

대학가의 모텔로 들어가 텔레비전을 틀었다. 텔레비전에서는 한반도를 향해 미친 듯 북상하고 있는 8월의 허리케인 소식과 광화문 일대의 시위 소식을 번갈아가며 보여주고 있었다. 그는 텔레비전 화면을 멍하니 쳐다보다가 휴대전화 액정을 손으로 쓰다듬었다.

다음 날 그는 대진 로데오타운 주변에 있었다. 데이트 나온 젊은 사람들이 수없이 그의 앞으로 지나갔다. 그는 이제 더는 고통스럽지 않다고 자꾸만 되뇌고 있었다. 자동차를 타고 가다가 테이크아웃 커피 가게를 봤다. 차를 세우고 아메리카노 한 잔을 샀다. 길의 왼쪽은 대학병원으로 올라가는 길이었고 직진을 하면 고속도로로 나가는 길이었다. 그때 커피가게 모퉁이를 돌아가고 있는 한 여학생이 보였다. 그는 순간 숨이 멎는 것 같았다.

그는 차를 움직여 여학생의 뒤를 따라가기 시작했다. 여학생은 계속 앞으로 걸어갔다. 고개를 숙인 채 휴대폰 액정을 내려다보면서 여학생은 계속 앞으로 걸어갔다. 그는 바깥 차선으로 차를 바짝 붙였다. 여학생이 철공소와 미장원과 치킨집이 있는 오른쪽 골목으로 걸어 들어가고 있었다. 그는 차를 세우고 밖으로 나갔다. 걸음이 꼬이고 숨소리가 커졌다. 여학생은 골목 위 계단을 올라가기 시작했고 그는 이미 성큼성큼 걸어가 그 여학생의 바로 뒤에 서 있었다. 그가 손을 뻗으려고 했는데 여학생은 벌써 저만큼 앞서서 계단 중간쯤을 올라가고 있었다.

그 순간 그의 손에 들려 있던 휴대전화가 부르르 떨렸다. 그는 숨을 죽인 채 액정을 내려다봤다.

'아저씨, 사랑해!'

환한 대낮.

대전 한 귀퉁이에서 한 남자가 징징 울고 있었다. 계단을 다 올라간 여학생은 몸을 돌려 길거리에 앉아 울고 있는 남자를 돌아봤다. 그러고는 이내 어딘가로 전화를 걸어 지껄이기 시작했다.

"야, 어떤 남자가 길거리에서 울어 씨발. 또라이 같애."

문자는 한 번 더 왔다.

'아저씨, 우리는 세상의 마지막 연인이다! 그거 꼭 기억해.'

15

　한여름 송림은 우거질 대로 우거져 가지가 부러질 지경이었다. 산 위의 나무들은 여전히 키가 작았다. 그는 여자애를 묻었던 모래 웅덩이를 돌아봤다. 그는 여자애를 묻었던 곳에 가까이 다가가 쭈그리고 앉았다. 구둣발이 자꾸 미끄러지며 모래 속에 박혔다. 그는 천천히 손을 뻗어 모래 속에 손을 넣으려고 했다. 아니, 정확히 손을 넣었다. 와이셔츠 소매가 팔꿈치 정도까지 내려갔을 때 그의 손끝에 잡히는 뭔가의 감촉을 느꼈다. 그는 손을 조금 더 깊이 넣었다가 당겼다. 뭔가 잡혀 올라왔다. 남자는 눈물을 흘리고 있었다. 남자는 온 힘을 다해 모래 속에서 그것을 끌어 올렸다.

　미국 인형이었다.

그는 미국 인형이 반가워 웃기까지 했다. 어느새 주변이 조금씩 밝아지고 있는 느낌이 들었다. 순간 그는 모래 웅덩이를 더 파 내려갔다. 남자는 미친 듯이 웅덩이를 파 내려갔다.

모래 웅덩이 속에서 하나를 꺼내리라.

그리고 다시 살려내리라.

그는 울면서 모래 웅덩이를 파내고 또 파냈다. 파내도 또 모래가 흘러내려 오고 또 파내도 모래가 흘러 내려왔지만, 자꾸 파내고 또 파냈다.

그가 거의 한 시간쯤을 파내려 갔을 때 결국 그의 손에 달려 올라온 것은 모래 웅덩이 안에서 웃고 있던 빨간 텔레토비였다.

할리우드 영화식의 마무리 서사를 생각해봤다. 사회복지사가 지방 소도시 던킨도너츠 매장으로 하나를 찾아간다. 하나는 시급을 받는 아르바이트생이고 고시텔 같은 곳에서 자면서 씩씩하게 살아가고 있다.

하나: 쥐 죽은 듯 살고 있어요. 때론 지겹기도 하지만.
사회복지사: 왜 사라졌니, 그때?

하나는 고개를 떨군 채 탁자 위를 손가락으로 톡톡 친다.

하나: 텔레토비가 시켰어요. 사라지라고.

헤어질 시간. 사회복지사는 하나를 안아주고 싶지만, 왠지 하나 옆으로 성큼 다가갈 수가 없다. 하나는 창밖에 선 채로 손을 흔드는 사회복지사를 계속 쳐다본다. 하나는 뭔가 생각났다는 듯 출입문을 열고 밖으로 나온다. 저만치 걸어가는 사회복지사를 향해 소리를 지른다.

하나: 언니, 잘 가!
사회복지사: 그래, 또 봐,
하나: 담배 쪼금만 피워.
사회복지사: 그래.
하나: 언니, 소개팅 잘해!

이 소설은 2주 만에 썼다. 그리고 3년간 다시 썼다.
2주가 지나고 며칠 동안 눈이 보이지 않았다.
가끔 그때 생각을 한다. 눈이 보이지 않는 사람들 흉내를 내거나 그랬던 건 전혀 아니다. 그냥, 쉬지 않고 소설을 계속 쓰면 눈이 보이지 않게 될 수도 있다는 것만 알았다.

무거운 돌 하나를 올려놓은 것처럼, 복잡한 현실을, 복잡한 관계를, 꾹꾹 눌러놓고 싶었던 것 같다.

　연재하는 동안, 소설을 읽어주신 웹진문지 독자들께 감사드린다. 독자들의 성숙한 시선이 없었디면 용기를 내지 못했을지도 모른다.

2013년 봄
강영숙